Thomas Gunzig

Tod eines Zweisprachigen

Roman

Aus dem Französischen
von Ina Kronenberger

Deutscher Taschenbuch Verlag

Der Verlag dankt dem Ministère de la Communauté
Française Wallonie-Bruxelles für die freundliche Unterstützung
der vorliegenden Übersetzung.

Deutsche Erstausgabe
November 2004
Deutscher Taschenbuch Verlag GmbH & Co KG, München
www.dtv.de
© 2001 Éditions Au Diable vauvert
Titel der französischen Originalausgabe:
›Mort d'un parfait bilingue‹
(Éditions Au Diable vauvert, Vauvert 2001)
© 2004 der deutschsprachigen Ausgabe:
Deutscher Taschenbuch Verlag GmbH & Co KG, München
Umschlagkonzept: Balk & Brumshagen
Umschlaggestaltung: Catherine Collin unter Verwendung
einer Fotografie von © Zefa/M. Davies
Satz: Greiner & Reichel, Köln
Gesetzt aus der Berling 10,75/13˙
Druck und Bindung: Kösel, Krugzell
Gedruckt auf säurefreiem, chlorfrei gebleichtem Papier
Printed in Germany · ISBN 3-423-24395-3

Für Sarah und Naomi

»Wenn sich der Feind konzentriert, verliert er an Terrain, wenn er sich zerstreut, verliert er an Stärke.«
General Giap,
Nordvietnamesische Armee

»Die menschliche Sexualität ist ihrem Wesen nach traumatischen Ursprungs.«
Joyce McDougall, Psychoanalytikerin,
›Die Couch ist kein Prokrustesbett‹

»Unsere Kinder haben Glück, dass sie in diese Welt hineinkommen.«
Jean-Marie Messier, Vorstandsvorsitzender von Vivendi,
J6M.COM

1

Diejenigen, die mich zu jener Zeit der schrecklichen Ereignisse im März 1978 kennen gelernt haben, werden Ihnen sagen, dass ich nicht der Typ war, dem man in die Quere kommen durfte. Ich war weder besonders kräftig noch besonders fix, weder besonders geschmeidig noch besonders schnell im Rennen und eher ungeschickt im Umgang mit Waffen. Kurzum, ich hatte mit den meisten Typen in der Stadt, die den größten Teil ihrer Zeit damit verbrachten, sich gegenseitig in den Schwitzkasten zu nehmen und sich die Schultern auszukugeln, oder die eine M16, die sie aus amerikanischen Beständen gekauft hatten, auseinander bauen konnten, um sie in den Radachsen eines Autos zu bunkern, überhaupt nichts gemein. Von dieser Art war ich nicht. Aber ich war ein echter Fiesling, vor dem man sich in Acht nehmen musste. Ich hatte in meinem Leben noch nichts besonders Aufregendes gemacht, aber ich hätte einen Doktorgrad in Sachen Gemeinheiten erlangen können. Ich wusste, wie man Geld abzweigt, Kokain mit Waschpulver streckt, ich konnte den anspruchsvollsten Touristen mit dem Mädchentyp in Verbindung bringen, den er suchte. Wollte er eine Rothaarige, besorgte ich ihm eine Rothaarige. Wollte er eine Brünette, besorgte ich die Brünette. Eine Einäugige? Kein Problem. Eine Dicke? Kein Problem. Richtige Schlampen? Richtige Schlampen konnte ich zuhauf besorgen. Ich konnte auch Leute umbringen. Aber das vermied ich, so gut es ging, ich musste schon vor Hunger krepieren, um so weit zu sinken. Damals hatte ich erst einen einzigen Typen umgelegt: Pierre »Erbse« Roberts war mit der Schwester eines slowenischen Unteroffiziers verheiratet, der Moktar hieß und bei dem im Krieg die Sicherung durchgebrannt war, weil ihm die Türken die Zehen gebrochen und außerdem versucht hatten, ihn zusammen mit fünfundzwanzig anderen in der Bahnhofstoilette von Svarvik zu ertränken. Er hat überlebt, ist aber darüber verrückt geworden. Und aus verschiedenen Gründen, auf die ich später noch zu sprechen komme, wollte er den Tod von Pierre »Erbse« Roberts, dem Ehemann von Suzy, seiner Schwester, und bot dem Erstbesten, der ihn kaltmachte, ein hübsches Sümmchen Geld. Ich erspare Ihnen die Details, aber es war ein total beschissener Job, diesen Typen umzubringen. Er hatte einen Fernsehladen, in dem er auch wohnte. Als ich bei ihm klingelte, wusste ich noch nicht, wie ich es anstellen würde. Ich wusste nur, dass ich ihn kaltmachen musste. Als er aufmachte, stürzte ich mich auf ihn. Wir haben uns wie die Hunde geprügelt und dabei alles vom Eingang bis zum Wohnzimmer platt gemacht. Vasen, Spiegel, Regale, alles ging in die Brüche. Ich habe ihn in seine Werkstatt gedrängt, wo an die zehn Fernseher die gleiche Sendung über eine In-vitro-Befruchtung zeigten. »Erbse« Roberts schlug fest zu. Zielte gut. Auf die Augen, die Nase, die Leber, das Brustbein. Er muss einmal Boxer gewesen sein. Aber ich hatte solchen Hunger, dass ich ihn am Ende gekriegt habe. Jedes Mal, wenn meine Fäuste ihr Ziel trafen, sah ich ein Schinkensandwich vor mir. Mir taten wochenlang die Hände weh. Ich hatte das Gefühl, mit Ambossen an den Armen durch die Gegend zu laufen. Nachdem ich gegessen hatte, war ich schnell zur Bank gegangen und hatte ein Sparkonto eröffnet, um das Geld, das ich bekommen hatte, darauf einzuzahlen. Ich saß nicht mehr auf dem Trockenen. Eine Zeit lang ging es mir ganz gut.

2

Im Hochsommer glich die Stadt einem Bratapfel. Die Sonne traf einen mit ausgefahrenen Krallen, attackierte die Haut auf der Nase, den Ohren und den Unterarmen mit der Gefräßigkeit afrikanischer Termiten. Man war gezwungen, zu Hause zu bleiben, nackt vor der Klimaanlage zu sitzen, Bacardi-Cola zu schlürfen und sich die Wettervorhersage und japanische Zeichentrickfilme anzuschauen. Die Leute, die draußen unterwegs waren, schnitten Grimassen wie Gewichtheber, die Reihen der Alten lichteten sich zusehends, ihre faltigen Herzen trockneten aus wie alte Seeigel, schweißtriefende Krankenpfleger holten sie ab und luden gleich drei oder vier auf einmal ein, um Zeit zu gewinnen. Frau Scapone, eine kleine alte Frau, die unter mir wohnte, Witwe eines Italieners, hörte nicht auf zu klagen. »Mit ihrem Gas und ihrer Atomkraft haben sie die Jahreszeiten durcheinander gebracht«, sagte sie jedes Mal, wenn ich sie traf.

Alle Gerüche, die in der kalten Jahreszeit erstarrt waren, schwängerten jetzt die Luft: der süßliche Geruch von Deos, der Geruch schläfriger Hunde, der Geruch nach Harz und verbranntem Rasen, nach Motoröl, der Geruch nach Obst und Gemüse, nach allen möglichen Käsesorten und nach Brackwasser, und der beißende Geruch nach Staub, der in Wolken von den umliegenden Bergen kam.

Es war kurze Zeit nach der Sache mit Pierre »Erbse« Roberts. Ich hatte Kohle, aber ich war ziemlich down. Ich hatte den Nachmittag zum größten Teil mit dem Unteroffizier Moktar verbracht, dessen endloses Lamento an die ›Ilias‹ und die ›Odyssee‹ erinnerten. Suzy, seine Schwester, bereitete ihm ernsthaft Sorgen. Er war sicher, dass sie seit dem Tod ihres Mannes mit einer Horde Soldaten schlief, die seit einigen Wochen in der Stadt im Quartier lagen und einen Akzent hatten, den kein Mensch verstand.

»Das sind türkische Dreckskerle«, sagte Moktar und klammerte sich an meinen Oberschenkel. »Meine Schwester lässt sich von einer verfluchten Türkenbande ficken.«

Wir saßen an einem Tisch im »Gestrandeten Boot«, einem Restaurant, das mehr oder weniger als Hotel diente, mehr oder weniger als Warenlager und mehr oder weniger als Mah-Jongg-Club, der vor einem Jahr von einem wortkargen Vietnamesen namens Dao Min eröffnet worden war. Er hatte in der Marine des Vietcong gedient, bevor er sich nach der schrecklichen Niederlage der Operation »Tausend Maiskörner«, in der der größte Teil seiner Armee im Geflecht unterirdischer Gänge in Nordvietnam wie die Ratten ertrunken war, hier niedergelassen hatte. Dao Min hatte wie durch ein Wunder überlebt, litt jetzt aber an Klaustrophobie und fing an, auf Vietnamesisch zu jammern, sobald jemand eins der vier Fenster im Restaurant zumachte. Eine junge Prostituierte, mit der er eine Nacht verbracht hatte, bestätigte, dass er, wenn er sich einmal zusammengerollt hatte und eingeschlafen war – die Fäuste geballt, seine karamellfarbene Haut schweißüberströmt –, davon träumte, er sei eine Ratte und müsse sterben. Aber davon abgesehen, kochte er gut, und sein Laden lief, trotz des Gerüchts, das die eifersüchtige Konkurrenz in Umlauf gebracht hatte, dass nämlich ein Gast in dem gebratenen Schweinefleisch mit Gemüse den Eckzahn eines Windhundes gefunden hätte. Vielleicht kam ein Teil von Dao Mins Erfolg von seinem Talent, sich mit einem Team wunderschöner Bedienungen zu umgeben, die wie lächelnde Heuschrecken von Tisch zu Tisch hüpften und das Restaurant wie ein Klatschmohnfeld im April aussehen ließen.

Eben dort arbeitete Minitrip, als ich sie im Dezember 1976 zum ersten Mal sah, in einem Winter, der bis zu den Zähnen mit Raureif und Schnee bewaffnet war und in dem sie mir vorkam wie das heißeste aller Feuer. Sie war die Königin im Heuschreckenschwarm des Dao Min, ihre Haare rochen nach Zimt und Lakritzeshampoo. Sie fielen wie eine Kaskade aus kobaltblauer Ölfarbe auf den Kragen ihrer Bluse, und ihre Augen, dunkel und unergründlich, ließen mich an einen sibirischen Wald denken, in dem Wölfe, Grizzlybären und wilde Lachse lebten. Sie hatte eine sanfte, freundliche Stimme.

»Zum Essen oder nur zum Trinken?«, hatte sie mich gefragt.

Damals hatte ich das Gefühl, jemand würde mir mit einer verrosteten Klinge die Adern aufschneiden, und mein Blut auf dem Siedepunkt, so schwarz wie ein See aus Erdöl, ergösse sich zu den Füßen des Mädchens.

Ich bin immer öfter hingegangen und hatte es schließlich geschafft, sie näher kennen zu lernen. Sie setzte sich zu mir an den Tisch, erzählte mir von diesem und jenem, von ihrer Katze, von ihren Schuhen, von ihrem untreuen Liebhaber und saugte mit dem Strohhalm den lockeren Schaum von Dao Mins Milkshakes auf, wobei sie es klasse fand, wie ich ihr zuhörte. Dafür konnte ich mir nichts kaufen. Nach einer Woche träumte ich davon, sie zu heiraten, mit ihr in einem Haus in einer vornehmen Gegend zu leben und ihr Kinder mit dunklen Haaren und sanften Stimmen zu machen.

Minitrip war ein wunderbares Mädchen, sie lebte mit dem erbärmlichsten Kotzbrocken zusammen, den die Welt je gesehen hatte, und hielt mich für ihren besten Freund. Diese Geschichte und der Ausgang, den sie einige Monate später nahm, sollten bis ans Ende meiner Tage wie eine Harke in meinem Schädel stecken bleiben.

Die Hitze machte das Restaurant gemütlich. Die fehlende Klimaanlage zwang die Gäste, sich in den Schatten des Nebenraums zu flüchten, oder – und von dieser Möglichkeit machte der Unteroffizier Moktar Gebrauch – ununterbrochen zu trinken. Das Radio brachte zum tausendsten Mal den bescheuerten Hit von Jim-Jim Slater: »Du bittest mich, dich nicht mehr zu lieben, aber dich nicht mehr zu lieben, heißt sterben. Ich liebe dich zum Sterben, zum Sterben, zum Sterben. Eine lauwarme Übelkeit stieg mir in die Kehle. Bei dem, was er getrunken hatte, wurden Moktars Geschichten immer abstruser. Er bot mir ein Vermögen, wenn ich die gut fünfzig Soldaten abknallte, die ihm das Leben zur Hölle gemacht hatten, er behauptete, ich sei sein Freund, er bedankte sich für tausend Dinge, die ich nicht getan hatte. Er erzählte mir vom Tod seiner Mutter, seines Bruders, seines Vaters und zig weiterer Personen, die alle in Schuppen geschlagen, vergewaltigt, ermordet oder die wie Schafe in den vergitterten Bussen, die der Feind zur Verrichtung niederer Arbeiten vorgesehen hatte, abgestochen worden waren. Da ich mich immer schlechter fühlte und mich die Geschichten von dem Unteroffizier noch mehr runterzogen, beschloss ich zu gehen, die Sonne schien mir das kleinere Übel im Vergleich zu der miesen Stimmung im »Gestrandeten Boot«.

3

Nach den Gesichtern der Insassen zu urteilen, die ausgestiegen waren und die Türen offen gelassen hatten, musste das rote Auto mit den weißen Streifen schon seit einer guten Stunde in der prallen Sonne vor dem Eingang zum Restaurant gestanden haben. Es hatte sich aufgeheizt wie ein Mikrowellenherd und alles gebraten, was sich im Wageninnern befand. Der kleine Japaner von Sony Music betrachtete voller Abscheu die Überreste von dem, was einst ein tragbarer CD-Player gewesen sein musste; jetzt erinnerte es nur noch an den Kadaver eines Zugvogels. Neben ihm wischte sich Juan Raul Jiminez mit seinem riesigen Handrücken den Schweiß ab, der ihm von den Haarwurzeln herunterrann. Auf die Motorhaube gestützt, spielte der einäugige Moses Ben Aaron alias »Saftige Ohrfeige«, alias »Hasenzahnstocher«, alias »Sekundengenau«, auch alias »Fliegenfänger« mit dem Staub, der sich auf den Spitzen seiner Joggingschuhe niedergelassen hatte.

Der kleine Japaner sah mich zuerst. Er machte Juan Raul Jiminez ein Zeichen, worauf dieser sich vor mir aufbaute. Er sah mich einen Augenblick lang an, bevor er mich aufforderte, ihnen zu folgen. Seine Augenbrauen glänzten vom Schweiß, er hatte Mühe, sich zu artikulieren, wie ein See-Elefant, der am Vorabend erst sprechen gelernt hatte. Alle Welt machte sich wegen seiner Art zu reden über ihn lustig, und das machte ihn wahnsinnig. Natürlich hatte er Entschuldigungen parat. In Sachen beschissene Kindheit hätte er in den Lagern der Kam-

15

bodschaner Kurse geben können. Der kleine Juan war inmitten von Autoreifen aufgewachsen. Wenn er nicht brav war, zwang ihn sein Automechaniker-Vater, das alte Öl von einem Ölwechsel zu trinken, drosch mit den Kopfstützen eines VW auf ihn ein oder schloss ihn in den Kofferraum eines der Wracks, die seinen Garten bevölkerten. »Für dich, du Arsch!«, waren im Alter von achtzehn Jahren die ersten Worte des Juan Raul Jiminez gewesen, gesprochen vor dem Leichnam seines Vaters, der auf der Erde ruhte, den Schädel von einem gewaltigen Schlag mit dem Wagenheber deformiert. Die Gewalt und die Kraft des jungen Mannes wurden legendär, und das Glück schien ihm zuzulächeln, als er von dem kleinen Japaner von Sony Music eingestellt wurde, der sich neben einem Menschen mit enzyklopädiegroßen Händen sicherer fühlte.

Ich wusste, dass es sinnlos war zu fliehen. Früher oder später hätten sie mich gefunden und das Ergebnis wäre das Gleiche gewesen. Ich versuchte, meine Hände am Zittern zu hindern, und setzte mich in das glühend heiße Auto. Juan Raul Jiminez nahm rechts neben mir Platz, der kleine Japaner zu meiner Linken, Moses Ben Aaron setzte sich ans Steuer und wir fuhren los.

Das Auto kam nur langsam vom Fleck. Moses Ben Aaron war vorsichtig, er fuhr mit dem Misstrauen eines Menschen, der nur auf einem Auge sah. Der kleine Japaner von Sony Music neben mir wirkte unruhig. Er spielte an dem geschmolzenen tragbaren CD-Player herum, wiederholte pausenlos: »Sushi koto tanabe, Sushi koto tanabe, Sushi koto tanabe...«, und legte dazu die Stirn in Falten. Schließlich wandte er den Kopf zu mir und warf mir den Blick eines vom Pferd gefallenen Samurai zu.

»Tja, du kleiner Dreckskerl, du machst anscheinend gerne Dummheiten.«

Ich antwortete nicht. Im Rückspiegel sah ich, wie Moses Ben Aaron lächelte. Sein gesundes Auge fixierte die Straße, das andere einen unbestimmten Punkt am Himmel. Die Fratze eines Degenerierten. Er mochte die Scherereien anderer so gern wie Grillwürste. In meiner Jackentasche hatte ich ein Stanley-Messer. Einen Augenblick lang überlegte ich, ob ich es vielleicht einsetzen könnte, doch dann kreuzte ich den Blick von Juan Raul Jiminez, schwarz wie ein Erdschacht, und mir wurde klar, dass ich gut daran tat, im Moment nicht allzu hohe Wellen zu schlagen.

»Stimmt es, dass du ihr die Vorderzähne eingeschlagen hast?«, fragte mich Moses Ben Aaron, noch immer lächelnd.

»Hat sie dir das erzählt?«

»Das hat sie allen erzählt. Sie hat erzählt, dass du bei eurer letzten Begegnung die Beherrschung verloren, dich auf sie gestürzt und ihr die Zähne eingeschlagen hast.«

Was mich an Moses am meisten störte, war, dass er über alles wirklich super informiert war. Er stopfte sich mit Amphetaminen und Anabolika voll, CFO, AST, DVH, einer ganzen Steroid-Suppe, und schlief nie, weil er schreckliche Albträume hatte. Er verbrachte seine Zeit damit, in der Gegend herumzuhängen, das Auto des kleinen Japaners von Sony Music zu fahren und seine Hautkrankheiten zu pflegen, die seinem Gesicht das Aussehen von Fliegenpapier verliehen. Aufgrund seiner fiesen Visage und seiner Manie, sich überall herumzutreiben, anstatt zu schlafen, mochte ihn kein Mensch. Über ihn waren die übelsten Gerüchte im Umlauf: Ben Aaron frisst Scheiße, Ben Aaron ist eine Kreuzung aus Hundescheiße und Autobusreifen, Ben Aaron wird »Sekundengenau« genannt, weil er zwei Sekunden genau bumst, Ben Aaron hat sein Auge verloren, als er sich ein Fieberbläschen aufgestochen hat … Wer ihn jemals kennen gelernt hat, würde beschwören, dass mindestens eine dieser Aussagen der Wahrheit entsprach. Aber weder der kleine Japaner von Sony Music, für den er eine unerschöpfliche Informationsquelle darstellte, noch Juan Raul Jiminez, der Moses in sein Herz geschlossen hatte wie ein Lieblingstier, schienen sich daran zu stören.

»Jetzt heißt es gleich, sehr nett zu sein«, sagte der Japaner.

»Nett zu wem?«

Der kleine Japaner beugte sich zu mir und sagte:»Du hast seine Frau gefickt, Blödmann, du hast die Frau von Jim-Jim Slater gefickt, und als wäre das noch nicht genug, hast du ihr auch noch die Barbie-Fresse poliert. Das wirst du wieder in Ordnung bringen. Er hat gesagt, er will dich sehen, also bringen wir dich zu ihm. Wenn er dir befiehlt, ihm einen Kaffee zu bringen, bringst du ihm einen Kaffee. Wenn er dir befiehlt, auf allen vieren zu kriechen, wirst du auf allen vieren kriechen, und wenn er dir befiehlt, dir den kleinen Finger abzuschneiden, wirst du dir den kleinen Finger abschneiden. Du tust, was er sagt. Ist das klar?«

Juan Raul Jiminez begann mit dem quietschenden Geräusch eines Scheibenwischers hämisch zu kichern. Moses Ben Aaron hatte ihm beigebracht, beschissene Situationen zu lieben.

4

Das Villenviertel war eine wirklich hübsche Gegend. Es lag auf den Hügeln der Stadt, klebte wie eine Muschel an der bewaldeten Erhebung, die nach Akazien, Ingwer und lateinamerikanischem Tabak roch. Der Hang war nach Südsüdosten ausgerichtet, die Sonne trennte die Gegend, die die Reichen bevorzugten, höflich und mit einer frischen und belebenden Brise von den Pennern im Tal. Hier gab es Häuser mit sauberen Fassaden, Gärten mit bunten Sonnenschirmen, Menschen mit neuen Zähnen, breite Bürgersteige, auf denen Miniaturhunde im Zickzack liefen, klinisch reine Autos, selbstgefällige Blumen, Garagen, Glasfenster groß wie Schwimmbäder und Tennisplätze, die von ebenso dienstbeflissenen wie pedantischen Asiaten gepflegt wurden. Das Ganze lebte in friedlicher Harmonie, einzig gestört vom Rhythmus der automatischen Rasensprenger und den regelmäßigen Streifzügen privater Sicherheitsdienste, die sich die Bewohner leisteten, um ruhig schlafen zu können. Hier und da unterbrach der düstere und betonierte Eingang zu einem Luftschutzbunker die Monotonie der frisch geharkten Rasenflächen. Die meisten waren Ende 1975 gebaut worden, zu einer Zeit, als die alarmierendsten Gerüchte über mögliche Angriffe mit chemischen Waffen in vor Erregung vibrierenden Nachrichtensendungen ausgestrahlt wurden. Die Bewohner der Hügel hatten die Angst im Inneren ihrer Eingeweide gespürt, sie hatten sich ihre gepflegte Haut von Bakterien befallen vorgestellt, ihre Haare zu ihren Füßen liegend wie Tausende glanzloser Kadaver, ihre alten Hoden ebenso leer wie Chlorwasser-bläschen und ihre treuen Eierstöcke trockener als kalifornische Rosinen. Letztendlich war es nicht zu Angriffen mit chemischen Waffen gekommen, es hatte nur den Angriff der berühmten hohlen Rakete gegeben, die auf halber Strecke vom Piloten eines Jagdflugzeugs abgeschossen worden war, den dieser kurze Moment des Ruhms ins Fernsehen katapultiert hatte, wo er in einem lokalen Sender eine Quizsendung moderierte und bei den Leuten zu Hause anrief, die dabei Geld und elektrische Haushaltsgeräte gewinnen konnten. Dennoch hatte der Vorfall ausgereicht, um die Psychose eines möglichen Angriffs lebendig zu halten, und die Luftschutzbunker waren ebenso gut gewartet wie die Tennisplätze.

5

Jim-Jim Slater hatte mir befohlen, mich zu setzen, und mir ein Glas in die Hand gedrückt. Er hatte angefangen, schweigend in einem mit seinen Konzertplakaten bepflasterten Salon auf und ab zu gehen, dann hatte er sich vor das große Fenster gestellt, das auf einen Garten von beachtlichen Ausmaßen ging. Ich selbst hielt den Mund. Ich fragte mich, was der Typ von mir wollte und warum er sich nicht damit begnügt hatte, eine Bande Fixer auf mich zu hetzen, die mir die Knie zertrümmerten, was die Situation unendlich viel klarer gemacht hätte. Juan Raul Jiminez, Moses Ben Aaron und der Japaner von Sony Music saßen mir auf italienischen Sesseln gegenüber. Jim-Jim wandte sich zu mir um. Er sah wirklich unglücklich aus, seine Augen waren rot und mit tiefen Schatten untermalt. Er war weniger schön als auf seinen Plattenhüllen, sah aber menschlicher aus.

»Sie sind also derjenige, mit dem sie sich getroffen hat«, sagte er zu mir. Das Sprechen fiel ihm schwer. Er schluckte den Speichel hinunter, drückte mit den Zeigefingern auf die Schläfen und sprach weiter.

»Ich kann Ihnen nicht böse sein, im ersten Moment war ich böse auf Sie, ich wollte Sie kaltmachen, ich war blind vor Wut. Und dann noch, sie so zu sehen, mit eingeschlagenen Zähnen, blutiger Nase. Ich war total außer mir. Ich habe mir gesagt: ›Der Dreckskerl, der ihr das angetan hat, soll dafür büßen.‹ Ich habe meinen Agenten gerufen, damit er Sie auftreibt und Sie hierher bringt. Ich habe die ganze Zeit über nicht geschlafen. Ich habe in meinem Garten gesessen, nachgedacht und gejammert. Und Minitrip ruft mich jede Stunde an, um über Sie herzuziehen. Um mir zu erzählen, dass sie bereut, dass sie nicht weiß, wie sie sich in diese Geschichte verstrickt hat, dass sie mich liebt wie am ersten Tag, dass sie will, dass wir zusammen verreisen. Sie ringt mir Versprechen ab, Venedig, den Dogenpalast, Gondelfahrten. Die ganze Palette. Und ich, allein auf meinem Sofa, überlege, während die Zeit verstreicht, dass in dieser Geschichte alle im Unrecht sind. Ich, weil ich mich nicht um Minitrip gekümmert habe, sie, weil sie sich hat verführen lassen, und Sie, weil Sie sie verführt haben. Das habe ich überlegt. Alle Zähler stehen auf Null. Ich atme also tief durch und sage mir, dass alles vergessen ist. Okay, trotzdem winde ich mich auf meinem Sofa, merke, dass mich irgendwas stört, weiß am Anfang nicht, was. Und dann überlege ich, dass es die Sache mit den Zählern ist, die auf Null stehen. Ich sage mir daraufhin: ›Man kann leicht den Philosophen spielen wollen, es gibt immer irgendein kleines Etwas in einem, das gegen die Weisheit rebelliert, die Weisheit ist nichts Natürliches, sie ist etwas für Mönche.‹ Und dann sage ich mir: ›Philosophie ist Scheiße, die Philosophie dient nur dazu, dass man mit dem Hintern auf dem Sofa sitzen bleibt und krepiert.‹ Das hat sich also in meinem Garten abgespielt. Das kleine Etwas, das mich gestört hat, ist den ganzen Vormittag und den ganzen Nachmittag über unaufhaltsam gewachsen. Wie eine Sonnenblume. Tja. Und das Ergebnis des Ganzen: Das kleine Etwas nimmt mittlerweile den ganzen Raum ein, und ich habe überhaupt keine Lust mehr, Ihnen zu verzeihen.«

»Künstler können die Dinge so wundervoll ausdrücken«, bemerkte Moses von seinem Sessel aus.

Juan Raul betrachtete Jim-Jim, als hätte er Gott gesehen.

»Also, um das Ganze zusammenzufassen, ich hasse Sie der-

22

maßen, dass ich Sie nicht umbringen kann. Es würde mich krankmachen, wenn Sie so leicht davonkämen. Und Sie stundenlang in meiner Garage zu verprügeln, würde mich nicht viel weiter bringen. Ich habe intensiv über all das nachgedacht. Ich habe mir gesagt: ›Was könnte es mir nutzen, Sie dermaßen zu hassen‹, und dann rufe ich meinen Agenten an, erkläre ihm alles, und er sagt zu mir: ›Seine ärgsten Feinde soll man um den größten Gefallen bitten, ein Sprichwort aus Okinawa.‹ Weil ich sein Sprichwort nicht verstehe, erklärt er es mir. Er sagt, dass er sich meinetwegen Sorgen macht, dass meine Plattenverkäufe zu stagnieren beginnen, dass die Konkurrenz immer stärker wird. Er sagt zu mir: ›Der Markt, der dir entgeht, sind die ganzen Soldaten, die in den Kampf geschickt werden. Man müsste was anderes singen als Liebeslieder, man bräuchte Lieder, die Lust machen, durch den Matsch zu laufen und auf die Typen auf der anderen Seite zu schießen.‹ Ich sage ihm, dass ich dabei bin, dass ich singe, was man von mir will, ich bin da nicht wählerisch, wenn für die Soldaten gesungen werden soll, von mir aus gern. Er antwortet, er wisse das, das Problem liege nicht bei mir. Was ist dann das Problem, das verstehe ich nicht. ›Das Problem ist, dass es schon jemanden gibt. Ein Mädchen. Caroline Lemonseed. Sie tingelt durch die Kasernen, die Militärstützpunkte, all das, sie singt Turbo Folk, die Soldaten sind verrückt danach, sie schreiben ihren Familien, dass sie ihnen die Platten schicken sollen. Es geht so weit, dass Radiosender, die sie nicht ins Programm nehmen, Protestbriefe erhalten.‹ Als er das sagte, war ich bass erstaunt. Protestbriefe. Die hat noch nie jemand für mich mir geschrieben. Ich fühlte mich gedemütigt. Allein und total gedemütigt. ›Wenn sie nur an der Front abgeknallt würde‹, habe ich zu meinem Agenten gesagt.«

Jim-Jim sah mich schweigend an, er schien auf eine Reaktion von mir zu warten.

»Es wäre wohl ganz gut für Sie, wenn sie verschwinden würde«, sagte ich.

»Sehr gut sogar«, meinte der kleine Japaner.

»Es wäre dermaßen gut, dass es schade wäre, wenn ihr niemand dabei unter die Arme greifen würde«, sagte Jim-Jim.

»Bitte deinen ärgsten Feind um den größten Gefallen«, dozierte der Japaner.

An Jim-Jims Blick, in dem ich ein seltsam metallisches Aufblitzen erkennen konnte, und an den belustigten Blicken von Moses, Juan und dem Japaner wurde mir klar, was sie von mir erwarteten.

6

Ich erinnere mich noch bestens an den Tag, an dem sich die
Ereignisse vom frühen Morgen an wie Rosenkränze aus Beleidigungen aneinander gereiht und mich dazu gebracht hatten, dem
Mädchen, das ich liebte, die Zähne einzuschlagen. Es war einer
der ersten warmen Tage im Jahr gewesen. Die großen Hitze-
wellen, die ihre Kraft im Zentrum tropischer Antizyklone ge-
sammelt hatten, stürzten sich auf uns wie Kamikazegeschwa-
der. Es dürfte etwa ein Uhr nachmittags gewesen sein, in einem
nur halbwegs sauberen Zimmer im ersten Stock des »Gestrandeten Boots«. Wie jedes Mal, wenn wir eine Verabredung hatten, war Minitrip nervös, verängstigt, aggressiv. Wir hatten uns
am Telefon gestritten, sie hatte gesagt, sie wolle Jim-Jim Slater
nicht verlassen, sie sei noch nicht sicher, ob unsere Geschichte etwas wert sei, sie würde mich nicht gut genug kennen. Anfangs war ich nett gewesen, ich hatte gesagt, ich könne ihren
Standpunkt verstehen, es sei auch gut, nachdenken zu wollen,
dies sei aber kein Grund, unsere Verabredung zu verschieben.
Ich weiß noch, dass sie gezögert hat, ich hörte ihren Atem, der
sich beschleunigte wie eine kleine Dampflokomotive. Dann
wollte sie nicht mehr, dass ich komme, ich konnte noch so sehr
versuchen, sie mit tausend Argumenten zu beruhigen, sie wollte nichts mehr hören, ich hatte das Gefühl, irgendein Dumm-
kopf würde mir mit einer Wellblechplatte auf die Stirn hauen.
Ich regte mich auf. Ich nannte sie Schlampe und Flittchen. Sie
antwortete mir mit einem Paket Schimpfwörter der gleichen

Kategorie. Ich sagte jedes Mal: »Was? Was? Was?« Sie warf mir Schaufeln voller Gemeinheiten an den Kopf. Ich parierte sofort. Sogar nachdem sie aufgelegt hatte, beschimpfte ich noch den Wählton, ich war wie besessen. Ich bin nach draußen gegangen. Die Sonne brannte wie ein Lagerfeuer. Ich bin zum »Gestrandeten Boot« gegangen und habe die ganze Zeit Selbstgespräche geführt. Als mich Dao Min kommen sah, wusste er sofort, dass etwas nicht stimmte, und sagte, er wüsste, was ich bräuchte. Mit der Miene eines Psychiaters holte er hinter dem Tresen einen üblen koreanischen Schnaps von rosaroter Farbe hervor und schenkte zwei Gläser ein. Er meinte, der Schnaps sei auf der Basis von Lorbeer und Ingwer hergestellt, aber dem Geschmack nach zu urteilen, würde ich eher sagen auf der Basis eines verendeten Kaninchens. Jedenfalls ließ die von Dao Min versprochene Wirkung nicht lange auf sich warten. Ich fühlte mich in Topform, ich war zu allem bereit, ich hätte Kugelstoßen oder Speerwerfen machen können oder einen Dreitausend-Meter-Hindernislauf. Seltsam war nur, dass ich mich überall stieß, dass Wände und Tische unvorhergesehene Angriffe gegen mich starteten. Dao Min erzählte mir Geschichten aus seiner Heimat. Erinnerte sich an die Schlacht der tausend Maiskörner, schlug mit seiner schrumpligen Hand auf den Tresen, zeichnete Verwünschungen in die Luft, bevor er in Tränen ausbrach.

Ich weiß nicht mehr, was ich gerade tat, als Minitrip eintrat, war ich auf oder unter dem Tisch, hielt ich Dao Min im Arm oder redete ich mit mir selbst? Wie dem auch sei, als ich sie sah, wie sie vor mir stand und mich ansah, als sei ich ein verlorener Verwandter, der wieder zum Leben erwacht war, habe ich gehofft, sie sei nur eine Sinnestäuschung.

»Leute, die Drogen nehmen, haben mich schon immer angewidert«, sagte sie.

Alles, was ich stammeln konnte, war ein Gemisch aus verschiedenen Wörtern wie: »aber«, »nein«, »warte«, »Missverständnis«, »erklären«, wobei ich wie ein rostiger Wasserhahn klang, den man nach wochenlanger Abwesenheit zum ersten Mal wieder aufdrehte. Auf ihrem Gesicht bildete der Ausdruck von Traurigkeit und Verachtung eine komische Mischung.

»Du kümmerliche Gestalt. Ich hätte mir denken können, dass in dem, was man sich über dich erzählt, ein Funken Wahrheit steckt ...«

Ich stand leicht schwankend wieder auf, um uns herrschte eine fürchterliche Unordnung aus umgekippten Stühlen und Flaschen, verstreuten Servietten. Dao Min hatte sich gesetzt und beobachtete uns beide, als wäre er im Kino, Zuschauer einer romantischen Komödie. Minitrip nannte mich weiterhin einen armseligen Idioten, einen missratenen Kerl, einen schlechten Liebhaber und so weiter. Darauf habe ich drei Schritte auf sie zugemacht. Ich hinderte sie daran, zurückzuweichen, indem ich sie am Kragen ihrer Hemdbluse packte. Er war aus einem ganz feinen zarten Stoff. Minitrip schickte Faustschläge in alle Richtungen, leicht wie Schneeflocken. Ich schlug sie mitten ins Gesicht. Ihre Nase blutete, sie war ganz blass geworden. Ich schlug noch einmal zu. Ihre Zähne gingen zu Bruch, ihr Gesicht war blutüberströmt. Sie sah aus wie ein kleines Auto, das von einem Bus überrollt worden war.

7

Der Ort, an dem ich mich heute befinde, hat nichts Erfreuliches, und ich ziehe es vor, nicht über ihn zu sprechen, aus Angst, ich könnte mich in Mitleid über mein Schicksal ergehen, was für andere immer ätzend ist. Wenn ich mir die Abfolge der Ereignisse in Erinnerung rufe, die mich hierher geführt haben, kann ich es nicht lassen, verstehen zu wollen, in welchem Moment das Ganze gekippt ist. Vielleicht als ich unter Druck beschlossen habe, Jim-Jim Slaters Vorschlag zu akzeptieren, vielleicht als ich Minitrip die Zähne eingeschlagen habe, oder später vielleicht, als Moktar und Frau Scapone die Beseitigung der kleinen Caroline Lemonseed organisierten. Moktar zu meinem Verbündeten zu machen, war sicher keine geniale Idee gewesen, hinter seinem beinharten Auftreten verbarg der slowenische Offizier ein Herz, so flüssig wie Joghurt. Und in Anbetracht der Vorfälle war es auch keine gute Idee gewesen, Dao Min seinen Senf dazugeben zu lassen.

Jeden Morgen öffnet eine Dame unbestimmbaren Alters die langen Vorhänge und reicht mir ein Frühstück aus Proteinen, Zucker und Salzwasser, an das ich mich nach wie vor nicht gewöhnen kann. Unter großer Anstrengung dreht sie mich auf die linke oder die rechte Seite, öffnet dann das Fenster, vor dem sie stehen bleibt, den Blick auf eine Landschaft gerichtet, die ich von meinem Bett aus nicht sehen kann, und qualmt dabei langsam eine Zigarette, deren Teerausstoß ich mehr schlecht als recht einatme. Die einzige Freizeitbeschäftigung, die mir bleibt, ist die, mit meinen Erinnerungen zu spielen. Sie abzuspielen, wie man sich Videofilme reinzieht. Den ganzen Tag lang lasse ich die Bilder mal schneller laufen, mal halte ich sie an. Ich habe meine Lieblingsszenen, wobei die Szene mit Minitrips Hand zweifellos zu den Top Ten gehört, alle Oskars einfährt: bester Ton, bestes Bild, bester Regisseur, bestes Originaldrehbuch.

Das war, bevor ich »Erbse« Roberts umgelegt habe, also bevor meine Geldprobleme gelöst waren. Was ich an Knete hatte, brauchte ich, um die Miete für meine Wohnung zu zahlen, ich wäre lieber verhungert, als auf der Straße zu landen. Von Zeit zu Zeit gab mir Frau Scapone, die ältere Dame aus dem ersten Stock, ein Ei oder etwas Brot, aber das reichte nicht aus. Ich klaute in einem Kaufhaus Hähnchenflügel, sie waren ziemlich klein und ließen sich gut in meinen Strümpfen verstecken. Seit Monaten hatte ich weder Obst noch Gemüse gegessen, nur Hähnchenflügel. Dann war ich im Fernsehen auf die ›Meuterei auf der Bounty‹ gestoßen und hatte die fixe Idee entwickelt, dass ich mir Skorbut zuziehen könnte. Ständig untersuchte ich, ob meine Zähne noch fest im Zahnfleisch saßen, ich hatte angefangen Tütensuppen zu stehlen und Obstsalat in Dosen. Ich hatte dermaßen Angst vor der Krankheit, dass ich das Zeug tonnenweise futterte: Suppen, Obstsalat, Suppen, Obstsalat, ohne Ende. Ich ging drei oder vier Mal am Tag in diesen verfluchten Laden. Das einzige, was ich kaufte, waren Streichhölzer, einzeln. Aber anstatt damit unbemerkt durchzukommen, hatte ich die Aufmerksamkeit auf mich gezogen. Der Leiter des Ladens hatte mich von einem dieser verdammten Detektive verfolgen lassen, als Familienvater verkleidet, durch die verschiedenen Abteilungen. Am Ausgang passten mich zwei Kerle ab, die Kassiererinnen sahen mich an, als wäre ich Gilles de Rais. Sie zogen zwei Suppen und zwei Dosen Obstsalat aus meinen Taschen und sagten mir, dass, sollte ich noch einmal den Fuß in diesen

Laden setzen, die beiden Typen dafür sorgen würden, dass mir im Lager die Kniescheiben zertrümmert würden. Ich hatte mich im »Gestrandeten Boot«, darüber beklagt. Minitrip, mit der noch nichts gewesen war, hat mir mit der Hand durch die Haare gestrichen. Liebevoll, einfach nur, um mich neben meinem Bier zu trösten. Ein Leopard schoss blitzschnell meine Wirbelsäule hoch, auf jeder Etage den brennenden Abdruck seiner Tatze hinterlassend. Der schönste Moment in meinem Leben.

Den Namen der Frau, die sich um mich kümmert, weiß ich nicht. Der Chefarzt oder die junge Medizinstudentin, die ihr von Zeit zur Zeit zur Hand geht, nennen sie »Madame«. »Alles in Ordnung, Madame?«, »Guten Morgen, Madame, was für ein schreckliches Wetter, nicht wahr?«, etc. Aufgrund ihrer morgendlichen Zigarette nenne ich sie »Nikotin«. Ich würde sie gerne fragen »Na, Nikotin, was machst du hier? Gibt es einen Mann in deinem Leben? Hast du Kinder? Bumst du noch in deinem Alter? Galoppieren dir manchmal noch komische Ideen durch den Kopf? Liebst du nette Männer oder eher die brutalen? Morgens oder abends? Im Bett oder auf dem Sofa beim Fernsehen?«

Früher einmal müssen Nikotins Haare ziemlich dunkel gewesen sein, aber heute, aufgrund ihres Alters, der Arbeit und aller Sorgen, hat sie nur noch eine graue Mähne, die wie die Farbe eines Winterhimmels schimmert. Sie hat kräftige Arme und riesige Brüste, von denen mein Gesicht erdrückt wird, wenn sie mich umdreht. Eins … zwei … drei, meine Nase in ihren Brüsten, Geruch nach Seife und sauberer Wäsche … und schon liege ich auf der anderen Seite. Richtung Wand oder Richtung Fenster. Vertikale Falten neben dem Mund verleihen ihr etwas Trauriges. Wenn Sie dem Ganzen noch den nebulösen Blick am Morgen und die beige Kittfarbe ihrer Haut hinzufügen, werden

Sie begreifen, dass Nikotin nach allem aussieht, nur nicht nach Spaß. Sie tut ihre Arbeit, und ich bin Gegenstand derselben. Sie mag mich nicht, sie verabscheut mich nicht, sie verwaltet mich, kontrolliert mich, wägt mich ab, untersucht mich und sagt dabei: »Wir wollen mal sehen, ja genau, genau so, und jetzt schauen wir mal…« Dann wendet sie den Blick zum Fenster und betrachtet das schreckliche Wetter, während sie ihre Zigarette qualmt.

8

Die Wohnung, die ich vor den Ereignissen im März 1978 gemietet hatte, lag im zweiten Stock in einem Haus an einer der großen Hauptverkehrsstraßen der Stadt. Regelmäßig kamen Kolonnen von Militärfahrzeugen unter meinem Fenster vorbei, ließen meine wenigen Möbel an allen Gliedern erzittern, füllten die Luft den ganzen Tag mit Dieselgestank. Jedes Mal, wenn es wieder so weit war, beschimpfte Frau Scapone, die ältere Dame vom ersten Stock, lauthals die Soldaten: »Mörder, Mörder«. Und sie schrie ihnen zu: »Ihr foltert Kinder, vergewaltigt Frauen, ihr werdet alle verurteilt und aufgehängt, Mörder …« Woraufhin sie atemlos nach oben kam, an meine Tür klopfte und darauf bestand, dass ich nachsah, ob die Vibrationen nicht irgendwelche Schäden angerichtet hatten. Sie sagte, beim kleinsten Riss könnte man ihnen einen Prozess anhängen, von ihrem Porzellanservice aus Limoges sei kein einziger Teller mehr heil, eine Untertasse sei zerbrochen, als die mobilisierten Truppen anlässlich der Aprilkämpfe bei ihr vorbeizogen, ihr Vögelchen sei an einem Herzinfarkt gestorben, als ein Panzer auf der Straße gedreht habe, ihre Katze habe von der ganzen Funkerei Krebs bekommen etc. etc. Je mehr ich ihr zuhörte, desto trauriger wurde ich. Auch wenn sie mich nervte, zwang ich mich, nett zu sein und ihr zuzuhören. Das gestattete mir im Gegenzug, sie um eine ganze Menge Dinge zu bitten: Salz, Eier, Zucker, das Bügeln eines Hemdes. Sie liebte es, einem behilflich zu sein, sie behauptete, in einer Zeit wie der unsrigen müssten sich die kleinen Leute gegenseitig helfen dürfen, sonst bliebe uns nur noch die Rückkehr in die Barbarei. *Homo homini lupus*, sagte sie. Ja, ja. Ich war ganz ihrer Meinung. Danke für das Hemd, danke für das Omelette und die Tasse Kaffee.

Als mich Juan Raul, Moses und der Japaner von Sony Music nach der Unterredung nach Hause gefahren hatten, war ich total down. Jim-Jim war darüber informiert, was ich »Erbse« Roberts angetan hatte. Er hatte mir gesagt: »Das mit Caroline wird nicht dein erster Versuch sein. Du bist schon fast ein Profi.« Ich hätte ihm gerne geantwortet, dass das nicht stimme, dass das Morden nicht mein Ding sei, dass ich erst einen begangen hätte, erst einmal, mehr aus Zufall, weil ich Hunger hatte, weil ich jemandem helfen wollte, dass mir deswegen heute noch übel sei. Aber ich hatte nichts gesagt. Nur: »Ja, ja, schon gut, du hast gewonnen, du hast Recht, ich schulde dir was …«, was man halt so sagt, wenn man in Panik ist, ich hatte Angst, er könnte seine Meinung ändern, er könnte Juan Raul bitten, mir die Augen auszustechen oder weiß Gott was zu tun. Aber bei meiner Rückkehr war ich total verängstigt, dermaßen verängstigt, dass ich fast erfroren wäre. Die Alte hatte mich vor der Tür erwischt: »Na, sind Sie krank, haben Sie sich etwas eingefangen, ich hoffe nicht, dass es das Gleiche ist wie bei meiner Katze. Sie wissen ja, die mit der Funkerei.« Und sie hatte mir noch einmal ihre Krebsgeschichte aufgetischt. Sie hatte mir etwas angeboten, was mir gut tun würde. Ich hatte eingewilligt, in ihrer Wohnung roch es nach Anis und Chlor. Ich musste mich auf ein Sofa setzen, das von kleinen Kissen mit aufgestickten Katzen bedeckt war. Alle Alten haben die gleiche Wohnung, supersauber, superaufgeräumt, der Dreck war der Tod, die Unordnung auch. »Sehen Sie nicht so genau hin, ich habe noch nicht aufgeräumt«, rief sie mit ihrer dünnen Stimme aus der Küche. An der Wand hingen Landschaftsbilder, eine Serie spanischer Teller mit Toreros bemalt, Fotos von ihrem Mann. Sie setzte uns einen unglaublich starken Kaffee vor, ohne Zucker, ohne Milch, der mich wie ein Hammerschlag auf den unteren Teil des Gehirns traf. »Der ist was für Männer, das ist italienischer Kaffee.« Dann setzte sie sich mir gegenüber: »Sie erinnern mich an Salvatore«, sagte sie und zeigte auf ein Foto von einem Mann mit Schnauzer. »Jedes Mal, wenn er von der Arbeit kam, war er wie Sie jetzt, er zitterte am ganzen Körper, seine Hände waren eiskalt, das Einzige, was ihm gut tat, war das hier, ein Kaffee mit einem Tropfen Tannenschnaps. Ich fragte ihn: ›Was machst du denn nur bei der Arbeit? Die Lagerung von militärischem Gerät dürfte einen Menschen doch nicht in einen solchen Zustand versetzen.‹ Dann, eines Tages, kurz vor seinem Tod, hat er es mir gesagt: ›Ich mache keine Lagerarbeiten, ich mache Einschlagtests.‹ ›Einschlagtests‹, habe ich ihn gefragt, ›was sind denn Einschlagtests?‹ Er hat mir nie geantwortet, Militärgeheimnis. Und er lachte mich aus. Ha, ha, ha, was würde ich schon von Militärtechnologie verstehen. Ich hätte ihm keine Fragen zu seiner Arbeit zu stellen. Er machte sich mächtig über mich lustig. Bis zu dem Tag, als ich ihn gefunden habe, aufgehängt an seinen Schnürsenkeln am Türstock. Damit sie hielten, hatte er eine ganze Reihe Knoten hineingemacht, was ihn mindestens eine Stunde gekostet haben musste. Er war handwerklich begabt, vollbrachte mit seinen Händen wahre Wunder. Wie dem auch sei, eines schönen Tages war es aus mit Salvatore. Ich bin zu seinen Kollegen gegangen. Eine Truppe ungehobelter Lagerarbeiter und halber Portionen. Niemand wollte mir etwas verraten, sie sahen erstaunt aus, als ich ihnen etwas von Einschlagtests erzählte. Es dauerte Tage. Ich stand mir vor der Tür zum Generalstab die Beine in den Bauch. Dann klingelte eines Tages ein junger Kerl bei mir, sichtlich verlegen. Er sagte: ›Frau Scapone, es geht um Ihren Mann.‹ Ich habe ihn hereingelassen. Noch bevor er sich setzte, fing er an, mir alles zu erzählen: ›Ihr Mann war ein Fehlgriff, kein großer, nur ein kleiner, aber die Armee hasst Fehlgriffe, schon die kleinsten. Deshalb wird die Armee alles leugnen. So ist es nun mal. Deshalb hätten Sie nie etwas erfahren, wenn ich nicht gekommen wäre, um es Ihnen zu erzählen. Ich erzähle Ihnen das alles aufgrund meines Gewissens und meiner guten Erziehung. Gut, als Ihr Mann in die Armee eintrat, vor gut zwanzig Jahren, sollte er im Lager arbeiten. Panzer von innen reinigen. Es ist verrückt, wie dreckig es in einem Panzer werden kann, wenn vier oder fünf Typen manchmal zwei oder drei Tage am Stück eingepfercht sind, schwitzen, ihre Stullen essen oder Gott weiß was machen. Diese Arbeit hat er eine Zeit lang gemacht, dann brauchte das Ressort für Forschung und Entwicklung einen Mann. Die Typen vom Ressort Forschung und Entwicklung haben manchmal Gründe, die kein Mensch versteht. Kurzum, einer dieser Typen hatte es geschafft, irgendeinen Offizier vom Nutzen der Einschlagtests zu überzeugen. Ihr Mann bekam Katzen. Jeden Morgen eine komplette Kiste voller Katzen, er schnallte sie auf einem kleinen Tisch fest, öffnete ihnen den Schädel, ohne sie zu töten, und ließ kleine Stahlkugeln aus unterschiedlicher Höhe auf ihr freigelegtes Gehirn fallen. Der Typ vom Ressort für Forschung und Entwicklung kam anschließend vorbei, um die Zahlen für die Statistik aufzuschreiben. Das war's. Irgendwann dann wurde der Typ gefeuert oder versetzt. Das weiß ich nicht. Aber die Bestellscheine für die Katzen, die Gehaltsabrechnungen Ihres Mannes, kein Mensch hat daran gedacht, diese Sachen in den Müll zu werfen. Die Verwaltung ist genauso beharrlich wie ein Meteorit und ihr Denkvermögen ist nicht viel größer. Und da niemand etwas zu ihm sagte, es jedem so egal war wie sein erstes Gewehr, was ein Lagerarbeiter, der zum Ressort Forschung und Entwicklung abgestellt worden war, wohl so machen könnte, und da die Tradition es so will, dass niemand niemandem bezüglich der jeweiligen Verwendung Fragen stellt, hat Ihr Mann, Frau Scapone, weiterhin seine Arbeit gemacht, hat weiter Stahlkugeln auf das Gehirn von Katzen fallen lassen, mit dem einzigen Unterschied, dass jetzt keiner mehr kam, um die Statistik zu führen.‹«

Die Augen der Alten hatten einen traurigen winterlichen Glanz. »Er hat mir nie davon erzählt. Diese zigtausend gefolterten, getöteten Katzen haben sein Gewissen zerfressen, Stück für Stück, bis zu dem Moment, in dem sie irgendetwas freigelegt haben, Gott weiß was für eine Grille unter Gott weiß welchem Möbel hervorgekrochen kam, und er es vorgezogen hat, sich mit seinen Knoten und seinen Schnürsenkeln in einer Ecke der Tür aufzuhängen, als mit seiner Grille zu leben. Das ist es, was ich der Armee zu verdanken habe.«

9

Es dürften jetzt schon zwei Monate sein, die ich in diesem Bett liege. Ich habe Rückschlüsse gezogen aus dem, was die Ärzte und Krankenschwestern um mich herum erzählt haben, und ich glaube, dass zwischen dem Moment, als ich mit Caroline gerannt bin, und jetzt ungefähr zwei Monate vergangen sein müssten. Was die Augenblicke, die der Katastrophe vorausgingen, betrifft, hat mein Gedächtnis nur wenig in Erinnerung behalten: den prasselnden Regen, die eisige Nacht, das Geräusch der Explosionen, den Schlamm, in dem wir bis zu den Knien versanken, und vor mir, inmitten von Trümmern und Körpern, die kleine Caroline Lemonseed, die so schnell rannte, dass sie keine Luft mehr bekam. Das mit rotblauen Pailletten besetzte Kleid für den Auftritt, das ihr triefnass und zerrissen am Körper klebte. Eine tiefe Wunde an der linken Schulter. Ich weiß noch, dass sie sich eine Sekunde lang zu mir umgedreht hat, dass sich ihr Mund geöffnet hat, um mir etwas zu sagen, aber was sie mir sagen wollte, davon weiß ich nichts mehr, denn eine Minute später, puff! Ich lag hier, in diesem Bett, konnte nicht einmal die Lider bewegen und nur mmmm… mmmm… mmmm machen. Eine Sache, die ich sicher weiß, ist, dass ich vor zweiundzwanzig Tagen wieder das Bewusstsein erlangt habe. Ein wirklich schrecklicher Moment, ich hatte geglaubt, ich sei tot und der Tod sähe so aus, Dunkelheit und ein Geräusch im Hintergrund, das bzzzzzzzzzzzz machte. Ich spürte meinen Körper nicht mehr und dachte, ich hätte keinen, ich sei nur noch ein Geist, der auf ewig durch die Dunkelheit schwirrte. Dieser Eindruck hat lange Zeit angehalten, genauer kann ich es nicht sagen, aber er hat lange genug angehalten, um Gedanken zuzulassen, dass alle Vorstellungen, die ich von Gott, dem Paradies und der Hölle gehabt haben mochte, der reinste Schwachsinn waren, dass es nach dem Leben nichts von alledem gab, kein Jüngstes Gericht, kein ewiges Glück, dass es schlicht überhaupt nichts gab. Nichts als Dunkelheit und ein Hintergrundgeräusch, das bzzzzzzzzzzzz machte. Nachdem ich mir das überlegt hatte, stellte ich fest, dass mich ein vager Geruch nach Scheiße und Urin umgab, was mich verunsicherte, weil ich nicht verstand, wie Scheiße und Urin im Nichts unterwegs sein konnten.

Ich konzentrierte mich und fing an, um Hilfe zu rufen. Wobei kein einziges »Hilfe« dabei herauskam, sondern nur »mmmmmmmmm«, »mmmmmmm …« Und da »mmmmmmmm«, »mmmmmm …« das Einzige war, was ich hervorzubringen in der Lage war, machte ich eine Zeit lang weiter, immer lauter, wobei ich mich fragte, welchen Effekt dies wohl nach sich ziehen könnte.

Als dann neben mir eine Stimme sagte: »SCHEISSE NOCH MAL, WILLST DU VIELLEICHT MAL DAS MAUL HALTEN!!!«, und das Licht eingeschaltet wurde, konnte ich mich der Tatsache nicht länger verschließen, dass ich weder nur noch Geist war (denn so sprach man nicht mit einem Geist) noch tot noch sonst was in der Art, sondern in einem Krankenhauszimmer mit zwei Betten lag, an eine Maschine angeschlossen, deren Schläuche so ziemlich überall in mir steckten und bzzzzzzz machten. Direkt über mir stand ein dicker Typ mit bleichem Gesicht, den Schädel in ein Tuch eingewickelt, und blickte mich zornig an: »Mir haben sie eine halbe weiße Tablette gegeben und ich habe nicht geschlafen, dann eine ganze Tablette, von der mir schlecht geworden ist, mir ist fast der Puls stehen geblieben. Hat sich nicht mit den Schmerzmitteln vertragen. Dann hab ich gesagt: ›Lasst die Schmerzmittel weg, gebt mir einfach nur die Tabletten.‹ Sie sagten: ›Bei Ihrem Bruch, der Handgranate, die vor Ihrer Stirn explodiert ist, werden Sie eine schlechte Nacht haben.‹ ›Mir ist es egal, ob ich eine schlechte Nacht habe, Hauptsache ich schlafe.‹ Der Arzt hat getan, was ich wollte, und ohne die Schmerzmittel hatte ich das Gefühl, man hätte mir Glut hinter die Augen gepackt, aber mit einer doppelten weißen Tablette bin ich schließlich eingeschlafen, träume, dass ich mit einer Handgranate statt meinem Kopf durch die Gegend laufe und dass die jedes Mal, wenn ich mich stoße, explodiert. Das ist nicht witzig, aber na ja, was man halt so träumt. Und dann fängst du, nachdem du wochenlang kein Wort sagst, an zu brüllen.«

Daraufhin drückte der Dicke auf einen Knopf, kurze Zeit später kommt eine junge Frau herein, Typ Medizinstudentin, die den Nachtdienst schiebt, niedlich, aber todmüde, gar nicht glücklich, dass sie bei der Wiederholung des Anatomiekurses gestört wird. »Der Schlappsack ist aufgewacht und schreit alle zusammen.« Die Studentin sieht mich an. Ich fange wieder an, »mmmmmmmmm«, »mmmmmmmmmm« zu machen. »Tja, zurzeit bin nur ich da, kein Arzt, es gibt keine freien Zimmer mehr, wir müssen bis morgen früh warten, bevor wir etwas tun können«, sagte die junge Frau und ging hinaus. Der Dicke meckerte noch einen Moment über das Elend der Militärkrankenhäuser, dann trat er noch einmal an mein Bett und stopfte mir eine weiße Tablette in den Mund. »Tut mir leid, aber ich brauche wirklich meinen Schlaf.«

10

Der Tag, der meiner Unterredung mit Jim-Jim Slater folgte, gab den Ausschlag. Er bildete tatsächlich eine entscheidende Etappe im Prozess der Auslöschung meiner Person durch eine Granatenexplosion im März 1978. Ich meine behaupten zu können, dass die Begegnung zwischen Frau Scapone und Moktar ein schicksalhafter Zufall war. Vielleicht hatte das Schicksal an dem Tag etwas anderes zu tun und ließ die unwahrscheinlichsten Vorfälle zu. Nichts hätte dafür sorgen müssen, dass sich Frau Scapone und Moktar kennen lernen, nichts hätte dafür sorgen müssen, dass sie sich sympathisch fanden, und schon gar nichts hätte dafür sorgen müssen, dass sie darauf bestanden, gemeinsam eine Lösung für meine Probleme zu suchen. Und schließlich hätte nichts, absolut nichts mich dazu bewegen müssen, auf sie zu hören. Aber vielleicht war ich an dem Tag in der Stimmung, mir eine Granate zwischen die Zähne schieben zu lassen.

Ich weiß noch, in welch üblem Zustand ich aufgewacht war und wie beschissen ich die Richtung fand, die mein Leben nahm. Ich sagte mir, dass es zu allen Zeiten Orte gab, an denen man gut und gerne auf die Welt kommen durfte, und Orte, die man besser meiden sollte. Ich war aufgestanden, war eine gute Viertelstunde lang vor dem Kühlschrank stehen geblieben und hatte voller Neid das kleine Gefrierfach betrachtet, in dem ich problemlos den Rest meiner Tage hätte zubringen können. Dann, ein kühles Bier in der Hand, hatte ich mich aufs Bett gesetzt und war zu dem Schluss gekommen, dass der Ort, an dem ich mich befand, besser von mir gemieden worden wäre. Es war schon spät am Vormittag, meine Wohnung war in ein schönes orangefarbenes Licht getaucht, auf dem Bürgersteig brachte ein Typ ein Mädchen zum Lachen, der Geruch von Holzkohle stieg von der Straße hoch. Bei dem schönen Licht und der Wirkung des Biers fing ich an, mich besser zu fühlen, ich holte Papier heraus, um meinen Eltern zu schreiben, aber nach »Liebe Mama, lieber Papa« wusste ich nicht weiter. Ich riss das Blatt in winzige Fetzen, die ich über dem Bett verstreute, und beschloss, mich ins »Gestrandete Boot« zu flüchten, in der Hoffnung, dort ein wenig Trost zu finden. Als ich aus der Tür trat, traf ich Frau Scapone, die den Eingangsbereich fegte. »Ah, guten Morgen, Sie sehen wieder besser aus als gestern, gestern hätte man Ihnen fast ein Almosen gegeben, Sie sahen aus, als wären Sie dem Teufel persönlich begegnet …« Ich merkte, dass ich, seit sie mir von ihrem Mann erzählt hatte, nicht mehr der Gleiche für sie war. Wahrscheinlich sah sie in mir jetzt eine Art Verwandten, den sie zufällig wiedergefunden hatte und den man sehr schnell und sehr fest ins Herz schloss, um die verlorene Zeit aufzuholen. Ich weiß nicht, warum, aber noch bevor ich darüber nachdenken konnte, schlug ich ihr vor, mich ins *Boot* zu begleiten. Sie errötete, sagte, das Treppenhaus könne letztlich warten, und eilte davon, um sich umzuziehen und in einem schwarzen Kleid, einem schwarzen Mantel und einem kleinen schwarzen Hut wiederzukehren: »Die Trauer, ich kann nicht einfach irgendwie aus dem Haus.«

So geschah es, dass ich mich an einem orangefarbenen Bakelittisch im *Gestrandeten Boot* wiederfand, Moktar seine Geschichte erzählte und sie voller Mitgefühl dazu nickte. Der Slowene sprach mit ernster Stimme und gleichmütigem Ton. »Wir waren gut tausend, alles Slowenen, die meisten von uns haben schon ganz jung in Montenegro und in Zentralasien gekämpft. Man holte uns aus unseren Dörfern, schickte uns an Bord von Transportmaschinen und ließ uns in Ländern herunter, die wir nicht kannten, fast ohne Waffen. Die Offiziere hatten normale Knarren und Maschinengewehre, aber für uns fehlte oft das Notwendigste. Wir gingen zu den Bauern in der Gegend, stahlen ihnen die Gabeln, die Harken, alles Mögliche. Wir hatten dermaßen Schiss, dass wir wie die Kamele soffen, so lange, bis die Vorstellung, sich die Haut durchlöchern zu lassen, von ein paar Litern Alkohol ertränkt wurde. Zuerst haben wir gegen die Basmatchi gekämpft, dann haben sich die Befehle geändert und wir kämpften an ihrer Seite. Wir waren stark wie die Löwen. Sie kennen die Geschichte von diesem Schweinehund Oberst Buskhov, dem Wolf des Kaukasus, der heimlich von den Türken unterstützt wurde. Er war so arrogant, wie man es nur sein konnte, wenn einem ein ganzes Land die Stiefel putzt. Wir, besoffen und schlecht ausgestattet wie wir waren, tja, wir trieben ihn in den Schluchten von Syr-Daria in die Enge, einfache Bauern, die mit Gabeln und Stößeln gegen schwere Maschinengewehre vorgingen. Eins ist sicher, ein Mann braucht große Herausforderungen. Ein Mann, der keine Herausforderungen sieht, ist nicht mehr wert als ein Kilo Sand in der Wüste. Ein Mann, der sich mit seinem Schicksal abfindet, dessen Blut verwandelt sich in Ziegenmilch, ein Mann, der sich ungerechten Befehlen beugt, ist wie von der Sonne verbrannte Ernte. Wir waren Helden. Aber danach demobilisiert man uns, für unsere Rückkehr ist jedoch nichts vorbereitet. Ein paar hat das dermaßen entmutigt, dass sie geblieben sind. Wir anderen, ohne einen Pfennig in der Tasche, legten den Rückweg zur Hälfte per Zug, zur Hälfte zu Fuß zurück. Tausende von Kilometern. Am Ende waren wir nur noch fünfundzwanzig. Und dann irren wir uns im Zug, und ohne es zu wissen, düsen wir nach Svarvik. Morgens werden wir wach, steigen aus und sind umringt von einer Bande Türken, die auch am Demobilisieren waren. Wir mit unseren alten Basmatchi-Uniformen, unseren Pluderhosen konnten nicht unbemerkt entwischen. Ein Türke schreit: ›He, seht mal, was da kommt!‹, und eine Gruppe von rund hundert Türken stürzt sich auf uns und zerrt uns in die Toiletten. Ein anderer Türke meint: ›Ihr könnt was erleben für das, was ihr unserem Buskhov angetan habt ...‹ Sie ziehen uns aus. Ich erzähle euch nicht, was sie uns angetan haben. Mir haben sie die Zehen gebrochen. Zwei hielten mich fest, einer führte aus. Dann hielten sie uns mit dem Kopf in die Kloschüsseln, um uns zu ertränken. Sie sangen ›Gluck, gluck, gluck, zum Wohl des Oberst Buskhov.‹ Dann zogen sie ab, meine Freunde waren allesamt tot, die Köpfe in den Klos. Nur ich nicht. Mein Glück, dass die Wasserspülung kaputt war. Ich machte mich daraufhin ganz klein, wie eine Ratte, ein gutes Jahr habe ich so gelebt. Habe rechts und links was gestohlen, in der Kanalisation geschlafen, bin auf Zügen und Booten mitgefahren. Und dann komm ich hierher. Ein Wunder. Ein richtiges Wunder. Ich versuche mein Glück mit Geschäften, ich knüpfe Beziehungen. Und es läuft so gut, dass ich sogar meine Schwester nachkommen lassen kann. Ein richtiges Wunder.«

Frau Scapone hatte sich die ganze Geschichte mit Interesse angehört, um dann die Geschichte von ihrem Mann und den Einschlagtests zu erzählen. »Mein Gott«, sagte Moktar. Sie nickte mit dem Kopf und antwortete, dass sie sich ähnlich seien, der Krieg hätte sie wie Zwieback zerbröselt, wie Seide zerrissen und wie totgefahrene Kaninchen am Straßenrand liegen gelassen. »Ja«, sagte Moktar. »Wie Zwieback, wie Seide, wie Kaninchen am Straßenrand, genau so.«

11

Die Mischung aus chemischen Substanzen, die mir die Ärzte einflößen, dient mehr dazu, mein Gedächtnis anzuregen als meinen Körper zu wecken, dessen Kontrollmechanismen definitiv außer Betrieb zu sein scheinen. Aus dieser medikamentösen Suppe an gesüßten Säften, intravenösen Gaben und langsam tröpfelnden Infusionen bezieht mein Gehirn eine Energie, die ich bisher noch nicht an ihm gekannt habe, so dass die Erinnerung an den verrückten Dauerlauf in jener Nacht im März 1978 im Verlauf dieser Tage mit erzwungener Bewegungslosigkeit immer präziser wird. Die ersten Male sah ich nur die Silhouette von Caroline, die vor mir durch den Schlamm und die Trümmer rennt. Im Detail sah ich nur die Wunde an ihrer linken Schulter, einen großen roten Striemen auf ihrer nassen Haut, und ihr Gesicht, das sich zu mir umdreht, um etwas zu rufen. Nach und nach kommen weitere Elemente hinzu. Vor allem die Kälte, deren schmerzvolles Beißen ich in meinem Gesicht und an den Ohren spüre und die mich trotz eines dicken Militärparkas vom Kopf bis zu den Füßen schlottern lässt. Hinter mir hält eine kleine Holzkonstruktion inmitten von Explosionen und Geschossen wie durch ein Wunder stand. Ein Stück weiter, im Licht einer Leuchtrakete, die Gott weiß woher kam, kann ich die Ausläufer der Schützengräben an vorderster Front erkennen. Vor mir Caroline, die unbeholfen auf einen Schlammhaufen klettert und deren Kleid mit den roten und blauen Pailletten nicht so recht zur Umgebung passen will. Dort endet meine Erinnerung, ohne dass ich in der Lage bin zu verstehen, was die junge Frau mir zuruft.

Vom Bett aus betrachte ich die weiße Krankenhausdecke und stelle mir unaufhörlich die Frage, ob ich in jener Nacht im März 1978 die Absicht hatte, Caroline zu töten oder nicht. Diese Erinnerung, von der Chemie künstlich heraufbeschworen, ist von äußerst seltsamer Struktur, präzise in der Beschreibung von Dingen und Menschen, aber ohne über meine eigene Gemütsverfassung Rechenschaft abzulegen.

Wenn ich mich zwinge, nicht mehr an Caroline zu denken, nimmt die Erinnerung an Pierre »Erbse« Roberts ihren Platz ein und hinterlässt in meinem Schädel jedes Mal die schwarzen und Ekel erregenden Spuren einer schlecht verheilten Wunde. Ausgangspunkt des Mordes an ihm war Moktars zwanghafte Vorstellung gewesen, seine Familie aus Slowenien hierher zu holen, damit sie bei ihm wohnte. Nach langen Recherchen hatte er schließlich seine Schwester gefunden, die sich unter falschem Namen in ein kleines mazedonisches Dorf geflüchtet hatte, wo sie dank der Großzügigkeit eines Pfarrers lebte, der sie als heilige Theresa, als heilige Maria und sogar als heiliger Hieronymus gekleidet vor dem natürlichen Hintergrund der umliegenden Landschaft malte. Für viel Kohle hatte Moktar ihre Reise organisiert, wobei er das Geld für falsche Papiere und zweifelhafte Schlepperbanden sofort auf den Tisch blättern musste. Ich weiß noch, wie ich ihn zum Bahnhof begleitet habe, wo er ein dickes trauriges Mädchen mit dem verlorenen Blick einer importierten Kuh umarmte, die er mir als Rubin aus Ljubljana vorstellte.

Suzy gewöhnte sich schnell und gut ein. Zu schnell und zu gut. Die importierte Kuh wurde zur Königin der Prärie. In der kleinen Wohnung, die ihr Bruder ihr zahlte, empfing sie einen ganzen Hofstaat an neuen Freunden, die sie wer weiß wo aufgelesen hatte, eine Schar dummer Gänse, die von hitzigen Jungen begleitet wurden, denen sie üppige Abendessen spendierte, Geschenke machte und slowenische Lieder vortrug, zu denen sie in die Hände klatschte. Moktar rieb sich für diese Aufgabe auf, er war ständig in Geldnot. Er und ich trieben Schwarzhandel um die Wette, er brauchte häufig Unterstützung, und meine finanzielle Situation stachelte mich dazu an, sie ihm zu gewähren. Ich hatte das Gefühl, seine Schwester würde sich an dem beschissenen Leben, das sie bis dato hatte, irgendwie rächen, aber Moktar fand es normal, behauptete, ich könnte nicht begreifen, was sie durchgemacht hatte, für ihn sei das Einzige, was zähle, dass seine Schwester glücklich sei, Geld wäre nicht von Bedeutung, wenn es um die Familie ginge etc. Ich sagte daraufhin nichts mehr, behielt meine Ratschläge für mich und hoffte auf ein Wunder, das ihm die Augen öffnete.

Und das Wunder ereignete sich in Gestalt von Pierre »Erbse« Roberts, einem Fernsehverkäufer, ständig am Rand des Bankrotts, starrte er doch so viel lieber in seine Fernseher statt seine Geschäfte zu regeln. Er sah so viel fern, dass er winzige Augen bekommen hatte, zwei kleine Erbsen, die von den Strahlen der Bildröhren völlig verbrannt worden waren. Der Kerl war mit einem der Jugendlichen befreundet, die ständig mit Moktars Schwester herumhingen, und eines Abends, Gott weiß warum, ließ er seine Fernseher Fernseher sein, um zu einer der Partys zu kommen, die sie unablässig organisierte. Sein Loch voller Fernbedienungen zu verlassen, um plötzlich auf Suzy zu stoßen, die fröhliche slowenische Färse, muss für den Typen eine Art Initiationserfahrung gewesen sein. Der Anblick dieser zappelnden, singenden Fleischmasse hatte in seinem Herzen, das bisher nur die Kälte der Fernsehbildschirme geliebt hatte, ein großes Freudenfeuer entfacht. Sämtliche Hormone, die lange Zeit in den Tiefen seines Organismus geschlummert hatten, wurden mit einem Mal aus dem Schlaf geschreckt, alle Reflexbögen, die man verschwunden geglaubt hatte, wurden brutal wiederhergestellt und endlich, animiert von den Hormonen und Reflexbögen, begannen alle erdenklichen feuchten Vorstellungen aus der Fantasie Pierre »Erbse« Roberts' zu triefen. Mehr noch als vorher vernachlässigte er seinen Laden und fing an, Suzy, die er »meine Sonne«, »mein Leben«, »meine Allerliebste« oder einfach »meine Liebe« nannte, glühende Liebesbriefe zu schreiben. Und sie wurde trotz der typisch slawischen Zurückhaltung, die sie daran hinderte, die Briefe zu erwidern, durch diese aufdringliche Liebe, diese glühende Leidenschaft, die sie in diesem Mann auslöste, nicht weniger aufgewühlt. Und Suzy war umso aufgewühlter, als ihr Herz und ihr Bett, seit ihr Bruder sie gezwungen hatte, den mazedonischen Pfarrer zu verlassen, verzweifelt leer geblieben waren. So leer, dass sie sich zuzeiten fragte, ob sie normal sei, ob sie ihr Leben nicht womöglich alt und vertrocknet wie eine Feige, ohne Mann und Kinder, fristen und bis in alle Ewigkeit das immergleiche Strickzeug aufnehmen oder in orthodoxen Kirchen dummes Zeug faseln würde.

»Erbse« Roberts fragte seine Kumpel um Rat. Sie rieten ihm, nichts anbrennen zu lassen, weil Suzy hinter ihrem snobistischen Auftreten nur besprungen werden wollte, weil bei diesen Mädchen ein Nein so viel heißen würde wie ein Ja, weil sie bestimmt eine gute Nummer wäre und sie wollten, dass er ihnen alles erzählte, was er ihnen bei seinem Pay-TV-Abo schwören mußte. »Erbse« Roberts war verängstigt, aber überzeugt und versprach zu berichten.

Suzy ihrerseits verbrachte Stunden mit ihren Freundinnen. Sie fand »Erbse« Roberts süß, fand, dass er nett aussah, und wenn er seine Zeit mit Fernsehern verbrachte, dann lag es daran, dass er schüchtern war und dass die Schüchternen die Besten waren, er hatte etwas Geld und sie könnte ein Häuschen bekommen, das sie hübsch einrichten könnte, die Wände könnte sie lachsfarben streichen, sich Sessel im Second-Empire-Stil kaufen, einen Wintergarten haben.

Schließlich ließen sich Suzy und »Erbse« Roberts dank aller Ermunterungen, die sie erhalten hatten, dank allem, was man ihnen über den jeweils anderen versprochen hatte, während einer Art Picknick, das die Freundinnen von Suzy eigens organisiert hatten, gehen. Niemand erfuhr, was sie sich bei dieser Gelegenheit sagten, am Abhang sitzend, die Junisonne auf der Brust, doch kaum eine Woche später zog »Erbse« Roberts bei Suzy ein, ließ sich wie eine Flechte nieder, bewegte sich nicht mehr vom Fleck und ließ seinen Fernsehladen Staub ansetzen, es war ihm völlig egal, wenn er den Bach runterging. Moktar, das Mütterchen der Armen, zahlte ihnen alles: Essen, Miete, Taschengeld, wiederholte, das Einzige, was zähle, sei das Glück seiner Schwester, ihr Glück sei die Voraussetzung für seins, und wenn sie seine Knie fordern würde, würde er sie ihr auf einem Tablett servieren, sie sei alles, was ihm geblieben sei. Mir war speiübel, man könnte meinen, seit Suzys Ankunft wäre das Gehirn ihres Bruders durch Karamellpudding ersetzt worden. Aber ich sagte immer noch nichts. Auch als ich erfuhr, dass sie heiraten wollten, sagte ich nichts. Ich war sogar bei ihrer Hochzeit dabei und applaudierte den beiden Glücklichen, sah ihnen zu, wie sie auf den Tischen tanzten und die sündhaft teure Hochzeitstorte verspeisten, die Moktar ihnen geschenkt hatte. Ich hatte aber wohl gesehen, dass diesem Fest etwas anhaftete, das mehr an eine Abenddämmerung in einem Vorort denken ließ als an einen Tagesanbruch zur Neuen Welt. Und leider gaben mir die folgenden Ereignisse Recht.

Die Dinge spitzten sich innerhalb weniger Wochen zu. Uns fiel zuerst nichts auf, außer dass Suzy nicht mehr so oft zu sehen war, aber das war bei einer Frischvermählten normal und niemand wunderte sich darüber. Anschließend fragten wir uns, warum sie jetzt alle Einladungen ihrer etwas dümmlichen Freundinnen und ihrer hitzigen Freunde ablehnte: Vorbei die slowenischen Abende, die Picknicks, die Vertraulichkeiten und Schwärmereien, Suzy blieb zu Hause, saß vor Quizsendungen, die von dem ehemaligen Flieger präsentiert wurden, sah zu, wie die Leute Gastronomiekaffeemaschinen und Umluftherde gewannen. Moktar war sicher, dass sie glücklich war, sie hatte ihre Wohnung lachsfarben gestrichen, hatte sich Möbel im Second-Empire-Stil schenken lassen, ließ Handwerker kommen, die einen Wintergarten bauen sollten. Aber irgendetwas stimmte nicht, etwas ganz Subtiles, das nur einem aufmerksamen Beobachter auffallen konnte, heranziehende Wolken in Suzys Augen, ein Hauch von Ekel in ihrem Gesicht, ungewöhnliche Schwingungen in ihrer Stimme. »Erbse« Roberts rief häufig bei Moktar an und bat ihn um Geld, immer häufiger lieh er sich Geld, das er nicht zurückzahlte. Mit dem ganzen Geld legte er sich einen blauen Straßenkreuzer Jahrgang 1967 zu, mit dem er in der Stadt spazieren fuhr, während er Suzy zusammengesunken auf dem Sofa zurückließ, so allein wie ein am Strand von Malouines gestrandeter Weißwal.

Ich glaube, das hätte noch lange so weitergehen können, zumindest so lange, bis Moktar von »Erbse« Roberts völlig ausgenommen worden wäre. Aber eines Abends kippte alles. Moktar erhielt einen Anruf von seinem Schwiegervater, der in schleppendem Tonfall fragte, ob irgendjemand Suzy in »dieser Scheiß-Gegend dieser Scheiß-Stadt« gesehen hätte. Wenig später tauchte Suzy bei ihrem Bruder auf, in einem Zustand, dass er im Namen Christi fluchte, während er das Gefühl hatte, dass sich ihm eine stählerne Hand um die Kehle legte.

Die Haare zerzaust, das Gesicht geschwollen, das helle Kleid voller Blutflecken sah sie Moktar von der Türschwelle her an, ohne ein Wort zu sagen, den Körper von Zuckungen geplagt.

49

Ihr linker Arm baumelte ganz jämmerlich herunter. »Ich durfte das Haus nicht mehr verlassen, das hat ihn wahnsinnig gemacht. Er hat gesagt: ›Du Schlampe! Wenn du ausgehen willst, dann, weil du läufig bist, du willst dir ein paar Typen reinziehen, das weiß ich, das sehe ich an deinen Augen, ich weiß, wie die Frauen sind, ich habe Tausende von ihnen im Fernsehen gesehen. Einmal verheiratet, fühlen sie sich eingesperrt, sie fangen an, von ihrem Nachbarn zu träumen, vom Briefträger, dem Schuhverkäufer, um aus ihrem Gefängnis befreit zu werden. Ich muss dich überwachen wie einen Topf Milch auf der Herdplatte. Du musst mich verstehen.‹ Von da an bin ich zu Hause geblieben. Wenn er ging, zog er das Telefon heraus und schloss es im Barschrank ein. Er sagte: ›Wenn du ausgehst, werde ich es erfahren. Dann knall ich erst dich ab und mich gleich hinterher. Scheiße! Du bist meine Frau, und meine Frau hält mich nicht zum Narren.‹ Schließlich habe ich mir sogar gesagt, dass ein Körnchen Wahrheit in dem steckte, was er erzählte: Wenn er mich Schlampe nannte, musste es stimmen. Wenn er behauptete, ich sei wie ein Topf Milch auf einer Herdplatte, musste es stimmen. Und dann, heute Morgen, habe ich die Sendung mit dem Flieger gesehen, der die Rakete abgeschossen hat, und bekomme mit, dass er in der Sendung bei mir anruft. Natürlich war das Telefon im Schrank verschlossen. Ich musste das Schloss mit einem Messer aufbrechen. Leider nahm ich zu spät ab, und außerdem war der Schrank kaputt, das ließ sich nicht verbergen. Als Roberts nach Hause kam, ist er völlig ausgeflippt. Er wollte wissen, wen ich angerufen hätte, und wollte mir nicht glauben, als ich ihm die Geschichte mit dem Quiz erzählte. Dann wurde er gewalttätig, seine Äuglein sahen plötzlich furchterregend aus, wie die eines Wiesels, das einem Kaninchen die Kehle durchbeißen will, ich habe mich gewehrt, ich habe gekratzt, ich habe gebissen und ich habe es geschafft zu fliehen.«

Seine Schwester so zu sehen riss alle Narben im Herzen Moktars auf. Er sah sämtliche Gesichter seiner verschwundenen Verwandten vor sich, er sah die Szenen des Massakers der Division Buskhov, sah seine ertränkten Freunde in Svarvik, und er erinnerte sich daran, sich geschworen zu haben, dass er niemals mehr zulassen würde, dass ein Mensch denen, die er liebte, etwas zuleide tat. Er überließ Suzy sein Zimmer und schlief auf dem Sofa. Im Schlaf suchten ihn Bilder von Prügelszenen heim, von Folterungen in den Kellern der Ministerien, Hinrichtungen und immer wieder das Bild der Fresse von »Erbse« Roberts, wie er unter seiner Henkerskapuze lächelte und sich in den weißen Waffen spiegelte. Am Morgen bat er mich, zu ihm zu kommen. Ich musste mir durch die Tür Suzys Schluchzen anhören, und er bot mir eine Stange Geld, wenn ich seinen Schwager umlegte. Ich war kurz vorm Verhungern, hatte nichts mehr in der Tasche. Also habe ich bei dem hübschen Sümmchen und den Schluchzern sofort eingewilligt. So kam es, dass ich einen Menschen umgebracht habe, des dicken Geldes und der Schluchzer wegen. Manchmal sage ich mir, um mich zu trösten, dass es schon schlechtere Gründe gegeben hat.

12

Ich kann zwei Sachen: Die erste, ziemlich einfach, besteht darin, »mmmmm«, »mmmmmm« zu machen, und dient dazu, guten Tag, auf Wiedersehen, danke, wie geht es Ihnen etc. zu sagen. Vom Kommunikationsniveau her kann ich kaum mit einem lahmen Hund mithalten, aber durchaus mit einem Goldfisch, was auf der Evolutionsskala mehrere Millionen Jahre ausmacht, und das ist nicht zu unterschätzen. Die zweite kann ich erst seit kurzem. Gerade mal eine Woche, und sie erfordert von mir noch immer einen enormen Akt der Konzentration. Wenn ich es schaffe, verspüre ich jedes Mal die Zufriedenheit eines Newton, Einstein oder Darwin, die dem Abenteuer Mensch neue Wege geebnet haben: Ich bewege den kleinen Finger meiner linken Hand. Natürlich müssen die Voraussetzungen stimmen: Ich muss weniger als eine Stunde vorher gefüttert worden sein, ich muss die ersten vier Bestandteile der chemischen Behandlung bekommen haben, aber noch keine Beruhigungsmittel, und vor allem darf ich nur »kleiner Finger« denken. Der kleinste störende Gedanke, die kleinste Sorge, und schon wird er wieder zu dem kleinen Stück amorphen Fleischs, der er seit zwei Monaten ist.

Diese Bewegung, die lächerlich wirken mag, stellt – da bin ich mir sicher – eine entscheidende Etappe bei der Verbesserung meines Zustands dar. Wenn der nächtliche Unfall im März 1978 mein Nervensystem ganz offensichtlich in eine Weihnachtsbaumgirlande verwandelt hat, scheint es nach und nach wieder zu sich zu kommen, seine Verbindungen wiederherzustellen, seine verlorenen Kontakte wieder aufzubauen. Das Wunder des kleinen Fingers ist der Beweis. Auf keinen Fall aufgeben: In Zeiten der Dunkelheit ist Optimismus unerlässlich.

Von diesem Fortschritt ermutigt, verbringe ich meine Tage damit, auf die geringste Empfindung zu warten und meine Erinnerungen mit pedantischer Sorgfalt zu sortieren, damit sie mir den Schlüssel zu den Ereignissen liefern, die mich in dieses Krankenhausbett geführt haben. Dabei stelle ich fest, wie sehr äußerliche Aspekte, auf die ich keinerlei Einfluss hatte, mein Schicksal bestimmt haben. Dennoch, so viel verstehe ich jetzt, ist meine charakterliche Schwäche der Katalysator für diese explosive Mischung gewesen: Wo andere den ganzen Kram hingeschmissen hätten, blieb ich brav sitzen und wartete darauf, dass mir der Himmel auf den Kopf fiel, überzeugt davon, dass ich nichts daran ändern könnte.

Das Zustandekommen des Pärchens Moktar/Frau Scapone gehört zweifellos zu den Ereignissen außerhalb meines Machtbereichs, und ich wüsste nicht, wie ich die Entwicklung hätte beeinflussen können, außer, indem ich die Alte am Tag nach meiner Begegnung mit Jim-Jim Slater nicht ins »Gestrandete Boot« eingeladen hätte. Aber wie hätte ich dies vorhersehen können? Tatsächlich mündete, wider Erwarten, wider alle Logik, die Begegnung zwischen Moktar und Frau Scapone nicht in Freundschaft, nicht in gegenseitige Zuneigung, von einer gleichermaßen schmerzvollen Vergangenheit ausgelöst, sondern in einen Strudel der Liebe, gewaltig, mächtig, der auf seinem Weg alle Hindernisse niederwalzte, die sich vor ihm aufbauen mochten. Moktar interessierte es wenig, dass Frau Scapone alt war, dass ihre Gesichtshaut mehr an ein Stück Eichenholz erinnerte als an ein Rosenblatt, dass ihr Körper ein Mechanismus war, dessen Bestandteile sich ständig verhakten und gegeneinander schlugen, oder dass ihre Lebensgeschichte ihrem Charakter eine unerträgliche Neigung zur Schrulligkeit verliehen hatte. Das alles war nicht von Bedeutung, Moktar liebte Frau Scapone und begehrte sie mit einer solchen Wucht, dass der Anblick einer Haarklammer, die sie im Badezimmer vergessen hatte, genügte, um ihm eine schmerzhafte Erektion zu bescheren.

»Weißt du«, sagte er zu mir, »ich habe oft geglaubt zu wissen, was das Wort lieben bedeutet. Ich erinnere mich noch an ein Mädchen, das so schön war, dass mir schon bei ihrem Anblick die Augen wehtaten, als hätte ich in die Bergsonne geblickt. Sie hatte grässliche Eltern, ihr Vater sah aus wie eine Ziege und ihre Mutter wie eine Sau, aber sie war ein richtiges Wunder, der Finger Gottes musste die Eier ihres Vaters im Moment der Ejakulation berührt haben. Kurzum, ich habe geglaubt, dieses Mädchen zu lieben, und wie alle anderen auch machte ich ihr hemmungslos den Hof, ich stand mir vor ihrer Wohnung die Beine in den Bauch, ich schickte ihr Blumen, ich sang unter ihrem Fenster und schließlich war ich derjenige, der sie bekam. Ich erhielt ein heimliches Rendezvous in einer Scheune vor dem Dorf. Als ich sie umarmte, fühlte ich mich wie Attila, ich befummelte sie, so gut ich konnte, als würde sie in der nächsten Sekunde verschwinden, ich sagte mir: ›Das ist nicht wahr, ich träume.‹ Dann werde ich mutiger, ich will, dass sie sich auszieht. In dem Punkt ziert sie sich ein bisschen, sagt ›nein‹, ›ich weiß nicht‹, den ganzen Schmus, zu dem sich alle Mädels verpflichtet fühlen, aber sie hat es schließlich gemacht. Und vor mir steht, nackt, das Mädchen desjenigen, dessen Eier von Gott berührt worden waren. Ich hielt mich für einen Apostel, ich war ein Auserwählter, ich hatte Zugang zum Allerheiligsten, ich konnte ein Evangelium schreiben. Und plötzlich überkommt mich ein ganz komisches Gefühl. Ich hatte das schönste Mädchen der Menschheitsgeschichte vor mir, nackt, und wusste nicht, was ich mit ihr tun sollte. Durch eine kleine Luke in der Scheune betrachtete ich den blauen Himmel, den Sommer, den Wind, der die hohen Gräser streichelte, und sagte mir, dass ich dieses Mädchen nicht liebte. Ich fing an, sie als geschickte Anordnung von Organen, Muskeln, Röhrchen, Leitungen und allerhand Reflexen zu sehen, und mir wurde richtig schlecht. Und siehst du, bei Scapone sehe ich das überhaupt nicht, ich sehe keine Organe, ich sehe dahinter. Was ich sehe, ist ihre Seele, und ihre Seele wärmt mir das Herz. Das Fleisch hat dabei nichts verloren.«

Moktar hatte, wie er mir später gestand, Frau Scapone, deren Seele, wie er sich ausdrückte, sogleich mit seiner in Harmonie zu sein schien, auf der Stelle geliebt. Frau Scapone hingegen brauchte mehr Zeit, um sich seiner rauen Seele zu nähern. Ihr Alter und die Prüfungen im Laufe ihres Lebens hatten in ihr Herz ein Labyrinth an Gefühlen gegraben, die, mal düster, mal licht, häufig widersprüchlich waren und die Richtung ihres Elans unvorhersagbar machten. Nach ihrer ersten Begegnung mit Moktar kehrte sie nach Hause zurück und vergoss, ohne genau zu wissen, warum, alle Tränen, die sie besaß. Kurze Zeit später erkrankte sie an einer dieser unbegreiflichen Krankheiten älterer Frauen. Moktar rief mich ständig an, um sich nach ihrem Befinden zu erkundigen, oder kam vorbei, kochte ihr Tee, backte slowenische Kekse, räumte ihre Wohnung auf, erzählte ihr die tragische Geschichte seiner Familie, hörte sich die von Frau Scapone an. Trotz seines Abscheus gegen den Krieg und die Armee hatte er sich die Selbstsicherheit eines Elitesoldaten bewahrt und zögerte nicht, ihr nach ein paar Tagen seine Liebe zu gestehen. Frau Scapone warf ihn auf der Stelle hinaus, rief ihn dann wieder an, weigerte sich jedoch, ihm zu öffnen, behauptete vielmehr, seine slowenischen Kekse seien schlecht, schloss ihn anschließend in ihre dünnen Arme und umarmte ihn mit der Leidenschaft eines jungen Mädchens, ärgerte sich dann aber wieder darüber und warf ihn hinaus, beschämt darüber, die

Erinnerung an Salvatore derart zu verraten. In der gleichen Nacht zog sie ihr schönstes Kleid an und ging zu Moktar. Zuerst warf sie ihm alle möglichen Schimpfwörter an den Kopf, sagte, dass ein junger Mann keine Frau im Alter seiner Großmutter lieben könnte, Witwe noch dazu, und im Moment sogar krank, todkrank vielleicht. Dann umarmte sie ihn, wie am Nachmittag schon, ihr ganzer Körper fing Feuer und wurde dreißig Jahre jünger. Der Mechanismus des Begehrens hatte sich wie eine mächtige Dampfmaschine in Bewegung gesetzt, die offenbar nichts mehr aufhalten konnte. Sie verschlang Moktars Geschlecht und blies ihm einen Königlichen, sie rollten über den Boden, zerrten an den Stoffschichten, die sich zwischen sie stellten, das schöne Kleid riss, aber seine Besitzerin kümmerte das nicht. Moktar sprach von Liebe, von Seelen, die sich fanden, und seine Worte trafen direkt Frau Scapones Herz, die ihm mit den »Ich liebe dich, ich liebe dich, ich liebe dich« der Seifenopern antwortete. Schließlich, Gott weiß wie, fanden sie sich wieder auf dem Bett, und was von Frau Scapones Zurückhaltung noch übrig war, explodierte in tausend luftig leichte Teilchen, die durch ein halb offenes Fenster entschwanden, sie war der Geist des Dschungels, sie war der Ozean und der Sturm. Endlich, sehr viel später, schlief Moktar ein und seine Träume, parfümiert vom Duft der Haare der Frau, die er liebte, waren die schönsten und die ruhigsten seiner bisherigen Existenz.

Aber die stärksten Liebesgeschichten folgen häufig den verschlungensten Pfaden, vor allem, wenn sie Persönlichkeiten von der Komplexität einer Frau Scapone und eines Moktar betreffen. Am nächsten Morgen wachte der slowenische Exsoldat in einem leeren Bett auf. Er telefonierte in der ganzen Stadt herum, bekam aber diejenige, die ihn gerade verlassen hatte, nicht zu fassen. Er ließ seine Beziehungen im Milieu spielen, gab einem guten Dutzend Männer eine Personenbeschreibung der

Alten, setzte eine Belohnung für den Ersten aus, der sie fand. Nach einem Tag waren alle Krankenhäuser durchsucht, alle Nachbarn befragt, alle Kneipiers einem Verhör unterzogen, und schließlich war es ein Junge von fünfzehn Jahren, der kaum lesen und schreiben konnte, dessen Bruder jedoch Liftboy in einem schäbigen Vorstadthotel war, der Frau Scapone fand. Die arme Frau hatte ein sündhaft teures Zimmer gemietet und versucht, dort für ihre Freude an Moktars Schwanz Buße zu tun. Dieser begab sich schnurstracks zum Hotel, schlug den Portier ins Gesicht, trat die Tür ein und umschlang seine Geliebte mit der Leidenschaft des sterbenden Christus. Frau Scapone widerstand, sagte ihm, sie sollten alles vergessen, in besagter Nacht hätte sie pausenlos das Gesicht ihres durch Selbstmord verstorbenen Ehemanns gesehen, sie könne nicht mit Männern schlafen, während sie bis zum Hals in den Qualen der Trauer stecke, sie sehe in seiner Werbung, seinen verliebten Blicken und Anspielungen an das Vorgefallene eine persönliche Beleidigung und wolle gefälligst sofort in Ruhe gelassen werden. Moktar erinnerte sich an Oberst Buskhov, die Basmatchi, an Svarvik und sagte sich, dass das Leben zu kurz sei, um auf solchen Schwachsinn zu hören. Er packte Frau Scapone und liebte sie zwischen dem Bett und dem kleinen Badezimmer aus falschem Marmor. Sie kratzte ihn, sie biss ihn, befahl ihm aufzuhören, aber man hätte genauso gut zu einer Lokomotive sprechen können, also ließ sie ihn zum Ende kommen. Anschließend betrachtete sie ihn, wie er schlief, und wurde von seinem Stiernacken, seinem dunklen Haaransatz und seinen Jungmädchenwimpern zu Tränen gerührt. Das war der Moment, in dem sie sich in Moktar verliebte. Danach stellte sie sorgfältig die Erinnerung an ihren Mann neben andere Erinnerungen, legte eine Hand auf das Gesicht des Slowenen und gab sich ganz dieser neuen Geschichte hin mit dem herrlichen Gefühl, in ein lauwarmes Bad zu steigen.

13

Wie schon gesagt, rührt meine aktuelle Situation ebenso sehr von Elementen, die sich meiner Willenskraft entziehen, wie von meiner charakterlichen Schwäche her. Der berühmte Tag, an dem sich Moktar und Frau Scapone kennen lernten, der Tag nach meiner verhängnisvollen Unterredung mit Jim-Jim Slater, war auch der Tag, an dem Dao Min beschloss, sich in Dinge einzumischen, die ihn nichts angingen. Um den Versuch der Klassifizierung zu Ende zu führen, würde ich sagen, dass die Begegnung des slowenischen Offiziers mit meiner alten Nachbarin bei den Elementen außerhalb meiner Willenskraft einzusortieren ist, während das Eingreifen des vietnamesischen Kochs in den Verlauf der Ereignisse meiner charakterlichen Schwäche geschuldet ist.

Die kleine vietnamesische Gemeinde traf sich regelmäßig im »Gestrandeten Boot«, um sich gemeinsam an die alte Heimat zu erinnern, die orientalischen Sprachen zu pflegen, über Politiker herzuziehen und stundenlang Mah-Jongg zu spielen. Der bevorzugte Partner Dao Mins bei diesem Spiel war ein junger Mann von gepflegtem Äußeren, der sich in Haushaltsdingen dermaßen auszeichnete, dass er sich bei den Reichen auf dem Hügel, für die er die Klos sauber machte, Kupfergeschirr zum Glänzen brachte, Schuhe putzte und Teppiche klopfte, einen soliden Ruf erworben hatte.

Neben seiner außergewöhnlichen Intelligenz, die ihn befähigte, Strategien für zig Züge im Voraus zu entwickeln, hatte der junge Mann, wenn man Dao Min Glauben schenken durfte, ein

Diplom in Kernphysik mit Auszeichnung von der Universität Saigon, das hier jedoch nie anerkannt worden war. So war er seit seiner Ankunft hier gezwungen gewesen, von Gelegenheitsarbeiten zu leben anstatt von den Früchten seiner hervorragenden Ausbildung, und das hatte ihn verbittert, zuweilen gar boshaft werden lassen, so dass er sich häufig mit dem Gedanken trug, dem Ruf seiner Arbeitgeber, die ihn wie ein Stück Vieh behandelten und keinerlei Achtung für die Fitness seiner Neuronen zeigten, zu schädigen. Folglich setzte er seine ganze Ehre daran, mit tausendundeiner Klatschgeschichte, allerlei Vorfällen, pikanten Anekdoten, schmutzigen Bettgeschichten, die er kaum übertrieb und die den Eindruck erweckten, die Bewohner des Hügels würden diejenigen von Sodom und Gomorrha in punkto Lasterhaftigkeit und Schandtaten haushoch schlagen, ins »Gestrandete Boot« zu kommen.

Nachdem er von einem Industriellen, mit Alkohol getränkt wie ein Erfrischungstuch, eingestellt worden war, war er in den Dienst von Jim-Jim Slater übergewechselt, der es schick fand, einen asiatischen Bediensteten in seinem Umfeld zu haben. Dao Min, den Moktar über meine Scherereien in Kenntnis gesetzt hatte, erklärte mir, wie nützlich es sein konnte, mehr über den Sänger zu wissen. Er nannte mir als Beispiel die Maul- und Klauenseuche und den Botulismus und sagte, Leute, die einem das Leben kaputtmachten, seien wie Tropenkrankheiten: Wenn man sie nicht kenne, krepiere man daran. Von diesem Beispiel überzeugt, sagte ich ihm, dass ich seinen Mah-Jongg-Champion gerne kennen lernen würde. Er war in Begleitung eines jungen Kerls zurückgekommen, Statur Bantamgewicht, der sich in seinem billigen Anzug nicht wohl fühlte und dessen Augen hinter einer dieser Brillen mit dunklem Gestell, die von kommunistischen Regimes in Unmengen hergestellt wurden, sehr groß wirkten.

Dao Min bugsierte uns in den hintersten Winkel des Restaurants, in eine Art Nebenraum, der nach Cashewnüssen roch und mit harten Sesseln bestückt war, auf die wir uns setzen mussten, weil wir hier mehr Ruhe hätten, um uns zu unterhalten. Der kleine Ingenieur wirkte nervös, er ließ seine Fingergelenke wie trockene Zweige knacken und sah pausenlos durch die Türöffnung zu den Leuten hinüber, die das Restaurant betraten.

»Bin nervös, bin nervös wie eine Ente vorm Regen im Frühling, bei dem, was gerade passiert, sind sie zu allem bereit, das wird eine Gleichung mit zu vielen Unbekannten, die Asymptote, die ich zu erraten glaube, gefällt mir überhaupt nicht, sie sieht nach mir aus, mit durchgeschnittener Kehle in einem verlorenen Winkel dieser verfluchten Stadt. Verstehen Sie, was ich sagen will?« Da ich nicht verstand, wurde er auf seinem Stuhl ganz unruhig, spielte weiter mit seinen Gelenken.

»Was ich sagen will, ist, dass sie zu allem fähig sind. Sie haben erfahren, dass die Tournee der kleinen Caroline von einem Fernsehteam begleitet wird, an dessen Spitze der ehemalige Flieger steht, der das Fernsehquiz leitet. Das wird eine irre Reklame, eine Jahrhunderttournee, unsere Enkel werden sich die Aufnahmen noch anschauen, Caroline Lemonseed wird die Seele des ganzen Krieges sein. Verstehen Sie, man wird sich an manchen Sieg erinnern, an manche Niederlage, die Erklärung manch eines stockbesoffenen Generals, aber über alledem wird Caroline stehen, deren Stimme die Kugeln beschützt hat, die man gesehen haben musste, bevor man sich von einem Panzer überrollen ließ, die trostreicher war als alle Briefe von der Liebsten zu Hause. Und sehen Sie, was sich zwischen Ihnen und Minitrip abgespielt hat, war für den Stolz von Jim-Jim ziemlich heftig, und Carolines zunehmender Ruhm hat noch Öl ins Feuer gegossen, daraufhin hat er angefangen, sich in seiner Haut wie ein Versager zu fühlen. Aber die Geschichte mit dem Fernsehteam war für Jim-Jim, als hätte man ihn in ein Massengrab geworfen, war wie die sieben Plagen, die den Pharao heimsuchten, die Apokalypse pur. Jetzt wacht er nachts mit Magenschmerzen auf, die an Faustschläge erinnern, er wiederholt immer wieder, dass er nicht mehr atmen kann. Wie einem Kind muss ich ihm eine heiße Milch machen, wie einem Kind muss ich ihm sagen, dass es spät ist und er schlafen muss. Der Japaner und seine beiden Kumpel zählen, glaube ich, voll und ganz auf Sie, die drei wissen, dass sie Sie in der Hand haben, sie reden häufig davon, Ihnen eine ›kleine Erinnerung an sie‹ zu schicken, um die Dinge zu beschleunigen. Sie misstrauen allen, sogar mir, sie wissen, dass ich Dao kenne und dass Dao Sie kennt. Es ist diese Art von Verbindung, die eigentlich keine große Tragweite hat, aber wenn die Nerven wie bei ihnen zum Zerreißen gespannt sind, können sie zu unvorhergesehenen Reaktionen führen. Deshalb bin ich nervös. Deshalb sehe ich mich mit durchgeschnittener Kehle.«

Der kleine vietnamesische Ingenieur ließ die Gelenke erneut knacken, wobei die Angst direkt über seiner Nase eine tiefe senkrechte Furche bildete. Er erzählte mir von seinen Eltern, die im Land geblieben waren, von seinem Studium, seinem autistischen kleinen sabbernden Bruder, von dem er ein Foto vorzeigte. Wir sollten uns nie wieder sehen. Ein paar Tage nach unserer Unterredung fand man ihn tot, ein starres, blutendes Häuflein vor den Mülleimern im Hof des »Gestrandeten Boots«. Nicht mit durchgeschnittener Kehle, wie seine Asymptote es vorhergesehen hatte, sondern das Gesicht mit einem Wagenheber zertrümmert, die brutale Handschrift von Juan Raul, den Gewissensbisse weniger plagten als Insektenstiche einen Elefantenrücken.

14

Mein Finger, der mir gestern noch ebenso weit weg schien wie eine kleine Marssonde, mehr schlecht als recht von der Erde gesteuert, ist heute so lebendig und nervös wie eine frisch geschlüpfte Blindschleiche. Welche Chemie hat dieses Wunder ermöglicht, welcher geheimnisvolle Cocktail, der Tropfen für Tropfen in meine Venen lief? Egal. Ich ertappe mich dabei, wie ich von einem heftigen Faustschlag in die gräuliche Fresse dieser verrückten Nikotin träume. Immer öfter gibt sie sich ihren kleinen »Spezialsitzungen« hin: »Du Trottel, du armseliger Trottel. Was glaubst du wohl? Für wen hältst du dich eigentlich? Hast du dich schon mal gesehen? Impotenter Schlaffpimmel…« Und schon zwickt sie mich heftig in den Arm, zack, autsch!, und hinterlässt einen dunklen Fleck, der einen ganzen Tag braucht, bis er wieder verschwindet. Nikotins Gesicht ist so kalt wie ein Alpengipfel, und ihre Stimme ist schneidend wie ein gefrorener Bergkamm. Sie scheint gegen ihre eigenen Gewaltausbrüche zu kämpfen. Einen Augenblick lang hören ihre Beleidigungen auf, »Du Trottel, du …«, sie scheint von einer mächtigen Hasswelle erfasst zu werden, sie macht einen Schritt auf das Bett zu und hebt halb den Arm, die rechte Hand zur Faust geballt, ein blasser, zitternder Stein, den ich mitten in der Visage erwarte, dann besinnt sie sich im letzten Augenblick, atmet schwer, schüttelt den Kopf, als würde sie mich bemitleiden, »armer Hurensohn«, geht aus dem Zimmer und lässt mich mit meinem zappelnden kleinen Finger und dem Biep-biep der Maschine zurück.

Beim Anblick der heftigen Fortschritte meines Fingers wird mein Gedächtnis unruhig, windet sich, zieht sich zusammen und entspannt sich wieder wie der Schließmuskel eines Inkontinenten. Es enthüllt mir in kräftigen Spritzern, wer ich in der Nacht der Knallerei im März 1978 war. Es ist jetzt einen Tag her, dass mir die erstaunlichste Erinnerung an mein vergangenes Leben wiedergekommen ist, eine riesige Erinnerung, eine Erinnerung von den Ausmaßen eines Ozeans, die dennoch unsichtbar geblieben war, verborgen in der grauen Substanz meines Gehirns, zusammengekauert im gekrümmten Schatten der Hirnhaut, eine Erinnerung, die mir in die Knochen geschrieben war: Ich habe Caroline geliebt. Und noch stärker, ich liebe sie immer noch. Die Erinnerung daran gestaltete sich wie ein abrupter Temperaturanstieg auf Pluto, bei dem das Sonnenlicht die gefrorene Oberfläche versengt und tausend mineralische Explosionen auslöst, tausend Erdrutsche in einem herrlichen Feuerwerk. Ich liebe, ich liebe, ich liebe, ich liebe, ich liebe Caroline, du Sonne, ich Pluto. Du loderndes Feuer, ich Einsturz, ich Verflüssigung, ich atmosphärisches Phänomen, du brennende Sonne, ich bis zur Weißglut erhitzter Grund. Caroline, Glut, die auf meinem Gedächtnis ruht, die Erinnerung an Minitrip und Konsorten verzehrt, welche nichts als eiskalte Waren zu sein scheinen, traurige Miniaturmalereien, zweite Wahl, verschämt konsumiert, bestenfalls fahle Anfänge von dir, meinem Schatz, meiner Liebe, Caroline.

15

»Angesichts der Feindesgestalt
angesichts der Waffengewalt
angesichts der Todesgefahr
ist nichts fürwahr stärker als unsere Soldatenschar.

Sie machen unsere Dörfer platt
sie schlitzen unsere Kinder auf
angesichts schrecklicher Gesichter zuhauf
angesichts blutiger Gemetzel darauf
gibt es nichts Sanfteres fürwahr
als ein Mädchen aus unserer großen Schar.

Und auch wir machen platt
Schwein um Schwein
Stadt um Stadt
und töten geschwind
noch dazu Kind um Kind
denn wir dürfen dem Feind nicht verzeihen
der euch provoziert, ganz klar.
Ja ja.«

Caroline sang dies mit zarter Stimme und trat dabei im Rhythmus der Musik von einem Fuß auf den anderen. Der Regisseur des Musikclips hatte in den Hintergrund Bilder von startenden F-16-Fightern gepackt (das hatte etwas grob Suggestives) und

Bilder von Soldaten während einer Pause – Gepäck auf dem Boden, Helme als Sitzunterlage –, die untereinander Zigaretten verteilten und sich auf den Rücken klopften.

Carolines Gesicht war leicht überbelichtet, was ihre Blässe betonte und dem Funkeln ihrer grauen Augen eine ungewöhnliche Intensität verlieh. Ich weiß noch, dass sie dieses fast schemenhafte Bild von sich selbst sehr mochte, dass sie es ausgesucht hatte, um damit die Hülle ihrer ersten Platte zu schmücken. Das Foto ließ sie, obwohl es die Erhebungen in ihrem Gesicht auflöste, um Jahre altern: Man hätte ihr gut vierundzwanzig oder fünfundzwanzig Jahre gegeben. Mit Sicherheit keine neunzehn.

Sie mochte die Jugend nicht. Deshalb mochte sie dieses Foto. Die Jugend war für sie eine Krankheit, bei der man Jahre brauchte, um sich von ihr zu erholen, eine Krankheit mit variablem Verlauf, aber immerzu schmerzhaft, bisweilen im Genitalbereich. Dabei hatte ihr bisheriges Leben die beruhigende Gleichmäßigkeit eines bachschen Präludiums gehabt: Grundschule in der Nähe eines schönen Wäldchens voller anhänglicher Tierchen, epileptischer Nager, kopulierender Hirschkühe und fröhlicher Prozessionsspinnerraupen, die ihr eine walt-disneyhafte Vorstellung vom Leben vermittelten, in dem es das Böse nicht gab. Anschließend hatte man sie auf eine weiterführende Schule von hohem Niveau gesteckt, wo das Mädchen zwei Lover hatte. Den Ersten lernte sie mit fünfzehn kennen, sie schlief nicht mit ihm, aber sie küsste ihn viel. Was Liebkosungen anging, hatte sich der Junge auf die Brüste des Mädchens beschränkt: Er knetete ihr stundenlang mit der Gründlichkeit eines Studenten der Naturwissenschaften die Brüste und empfand dabei große Befriedigung. Er hatte sich erst kurz bevor es zwischen ihnen aus war, tiefer vorgewagt, war aber nie über die ersten Schamhaare hinausgekommen, anscheinend voller Misstrauen gegenüber dem, was ihn dort womöglich erwartete. Dass er nicht weitergegangen war, hatte in Carolines Körper ein Gefühl der Erleichterung hinterlassen (»Fünfzehn Jahre ist noch ein bisschen jung …«, hatte sie gesagt), gepaart mit einer gewissen Frustration (»Seine Hände waren ganz aus Samt …«), die lange Zeit ihre erotische Fantasie beeinflussen sollte.

Den anderen Typen hatte sie mit achtzehn kennen gelernt. Die drei Jahre dazwischen waren aus libidinöser Sicht eher sonderbar gewesen. Während sich die meisten ihrer Freundinnen unendlichen Serien von Flirts hingaben, schien Carolines Geschlecht in Lethargie verfallen zu sein wie ein Murmeltier mit seidigem Fell, das in der molligen Wärme seines Baus zusammengerollt lag.

Ihre Eltern hatten eine kleine Firma für Kühltransporte, zu der alles in allem ein Sattelschlepper von Mercedes und ein Lieferwagen von Toyota gehörten, Letzterer so umgebaut, dass er drei große Gefrierschränke transportieren konnte. Carolines Vater fuhr den Lieferwagen, den Sattelschlepper steuerte ein Angestellter mit kräftigen Muskeln und Sehnen, stark wie Fahrstuhlseile, den weder die Kälte noch das Blut schreckten. Sein Gesicht weckte in Caroline Erinnerungen an das Foto eines lappländischen Jägers, den sie einmal in einem Geografiebuch mit folgender Bildunterschrift gesehen hatte: »Die extremen Bedingungen, denen er ausgesetzt ist, haben aus dem lappländischen Jäger einen rauen und schweigsamen Mann gemacht, der sich nur selten den Trost seiner Frau und seines Heims gönnt.«

Als sie ihm vor ihrem Elternhaus über den Weg lief, wie er gerade kiloweise tiefgefrorenes Fleisch in den Lastwagen lud, das Gesicht ebenso ausdrucksstark wie eine Platte aus gebürstetem Stahl, bildete sich mitten in Carolines Hüftknochen plötzlich eine Welle von niedriger Frequenz, die ihr die Wirbelsäule hochstieg und die Temperatur in Bauch und Brustkorb um einige Grad ansteigen ließ. Caroline trieb sich häufig vor dem Kühlhaus herum und sorgte dafür, dass sie dem lappländischen Jäger mit versnobtem Gesichtsausdruck begegnete, indem sie von ihrem Baumwollkleid den einen oder anderen fiktiven Blütenstaub herunterpickte, als wäre ein winziges Staubkorn wichtiger als alles Testosteron des ganzen Universums.

Am Ende hatte der Typ Caroline schließlich dazu eingeladen, im Führerhaus des Lastwagens ein wenig Musik zu hören. Sie war mit einer Miene eingestiegen, als könne sie dies nur mit knapper Not in einem sehr überladenen Terminkalender unterbringen, und der Lappe hatte ihr Kassetten mit italienischen Opern vorgespielt. Natürlich hatte sie damals noch keine Ahnung von Opern und auch nicht von Italienisch. Sie wusste im Übrigen nicht, dass das eine sehr häufig mit dem anderen einherging, und es war ihr im Grunde auch völlig egal. Aus der Nähe verströmte der Typ einen herrlichen Geruch, einen Geruch nach Blut und Raureif, so dass sie den Duft am liebsten in eine Flasche gesteckt hätte, um sich das Gesicht damit zu besprühen. Der Lappe fand den Rosengeruch, den Caroline trug, auch nicht schlecht, und da sie ihren jeweiligen Geruch liebten, hatten sie sich schließlich nackt wiedergefunden, ineinander verschlungen, schweißüberströmt und leise stöhnend.

So war sie zur Musik gekommen. Nach diesem ersten Rendezvous fuhren der Lappe und sie häufig gemeinsam die Fleischstücke aus. Der Typ legte Puccini, Verdi oder einen anderen aus dieser Clique für sie auf, und sie sangen alle beide, ihren Geruch nach Raureif und nach Rosen einsaugend, und befummelten sich im Führerhaus des Lastwagens um die Wette. Carolines Gehör und ihre Stimme wurden von Tag zu Tag besser.

16

Heute Morgen habe ich die Angst meines Lebens verspürt, weil Nikotin, dieses verrückte Weib, ernsthaft die Beherrschung verloren hat. Ich hatte schon geglaubt, mein letztes Stündlein sei gekommen. Es war eine dieser schrecklichen Morgenstunden, ganz kalt, ganz fahl, wie sie in der nördlichen Hemisphäre in der Übergangszeit in großer Zahl anzutreffen sind. Ein Morgen, wie geschaffen zum Trübsalblasen. Ich beobachtete an der Decke den Tanz einer Hand voll grünlicher Fliegen, als plötzlich über mir das Gesicht meiner Krankenschwester auftauchte. Sie sah aus, als hätte sie geheult, sie war ganz weiß, ihre Augen waren ganz rot und ganz verklebt wie japanische Karpfen. Eine Horrorvision. Sie blieb stehen, um mich zu betrachten, dann, kurze Zeit später, fing sie an, mich anzuschreien: »DRECKSKERL, MÖRDER, DRECKIGER HURENSOHN.« Aber sie schrie mich nicht nur an, sie fing auch an, mich so fest zu schütteln, dass die Schläuche, die mir in Arm und Nase gingen, sich auf einmal lösten, schlick, schlack, dann, immer noch schreiend, fasste sie mich an der Gurgel und drückte zu. Das Einzige, was ich bewegen konnte, war mein kleiner Finger, der versuchte – tapferer kleiner Soldat –, Nikotins Angriffe allein abzuwehren. Ich begann, haufenweise schwarze Punkte zu sehen, und sagte mir, dass ich wie eine arme Sau krepieren würde, allein, gelähmt, in den Händen einer Hysterikerin. Dann kam die kleine Medizinstudentin ins Zimmer, packte Nikotin, zog sie weg und fing ebenfalls an zu schreien: »HÖR AUF, BIST DU

VERRÜCKT, DAS IST ER NICHT WERT, WENN ER KREPIEREN SOLL, DANN MUSS ES NACH DEN VORSCHRIFTEN GESCHEHEN, WIR SIND NICHT WIE ER …« Und sie fing ebenfalls an zu heulen. Jetzt heulten alle beide und hingen sich gegenseitig im Arm, die eine dicke Kuh, die andere kleiner blonder Engel: Man hätte meinen können, ein Renaissancegemälde. Daraufhin kommt der Arzt ins Zimmer und fragt, was los sei. »Nichts«, entgegnet der kleine Engel. »Nichts«, sagt die dicke Kuh. Der Arzt schaut mich an. Ich mochte seinen Blick ganz und gar nicht. »Schließt ihm den Katheter wieder an und hängt ihn an den Tropf«, sagte er. Dann ging er.

Die kleine Medizinstudentin hat Nikotin gefragt, ob es jetzt wieder besser ginge, sie hat ja gesagt, danke, sie würde mich wieder anschließen und sich beruhigen. Die kleine Studentin ging und ich blieb allein mit meiner dicken Kuh zurück. Ich fühlte mich nicht wohl, aber sie schloss mich wieder an, den Arm, die Nase, zog sehr umsichtig das Kopfkissen und die Bettlaken zurecht. Dann beugte sie sich über mich, mit ihrem Seifen- und Zigarettengeruch, und sagte, sie würde hoffen, dass es mir bald wieder besser gehe, in einem Ton, der mir fürchterliche Angst einjagte. Die nächste Zeit sollte zeigen, dass ich allen Grund hatte, mir Sorgen zu machen.

17

Suzy, die diesen Dreckskerl »Erbse« Roberts von ganzem Herzen geliebt hatte, hatte die Nachricht seiner Ermordung eher schlecht aufgenommen. Moktar konnte ihr noch so sehr zureden, dass es zu ihrem Besten war, sie wollte nichts davon wissen, redete mit keinem mehr, nicht mit ihm, nicht mit mir, nicht mit ihren Freundinnen, nicht mit allen anderen, und fing an, sich in der Nähe der Siedlungen herumzutreiben, in denen die Soldaten einquartiert waren. Sie trug einen pfirsichfarbenen Rock, Größe »zwölf Jahre«, ein T-Shirt mit der Aufschrift »Make love, not war« und hatte auf dem Kopf einen Walkman festgeschraubt, der ihr schmalzige Melodien ins Ohr säuselte. Die Männer pfiffen ihr hinterher, nannten sie in etwa zehn verschiedenen Sprachen eine Schlampe, sie antwortete: »Ich liebe dich, ich liebe dich, ich mache es für einen Hunderter.« Dieser Preis, der alle Konkurrentinnen unterbot, trug ihr ziemlich schnell einen gewissen Ruf ein, Suzys Name, begleitet von einem schlüpfrigen Adjektiv, war bei Einbruch der Dunkelheit in aller Munde. Sie kehrte erst bei Tagesanbruch in die Wohnung ihres Bruders zurück, mit einer Spermafahne und dem Gang einer Ente, erklomm, ohne ein Wort zu sagen, ihr Zimmer, duschte und schlief ein, wobei sie immer wieder leise »Erbses« Namen vor sich hinsagte. Frau Scapone, ihre neue Schwägerin, gab allerlei erzieherische Ratschläge, inspiriert von der Lektüre von Doktor Spock, Gordon oder ›Das Prinzip Summerhill‹. Sie sagte, man solle sie gewähren lassen, dies sei ihre

Art, ihr mieses Befinden zum Ausdruck zu bringen, ihr Auf-der-Welt-Sein, ihre Jugend in der Krise, ihre Frauwerdung, ihre Vater-Ablehnung, ihr Über-Ich, ihr Ich, ihr Es und ihr Karma. Moktar verstand nicht viel von alledem, aber er vertraute Frau Scapone, die er von Tag zu Tag mehr liebte. Suzy, das spasmophile Vögelchen, ging also jeden Abend aus, verkaufte sich billig wie eine einfache Melone, gab Gruppenermäßigungen und kam erschöpft und am ganzen Körper angebohrt nach Hause, ohne dass man genau erfuhr, was ihr trauriger Blick bedeuten sollte.

In dieser tödlichen Stimmung hatten Frau Scapone, Moktar und ich angefangen, einen Plan zur Ermordung von Caroline Lemonseed auszuarbeiten. Wir glaubten damals noch, Zeit zu haben, wir hatten die Vision, ausreichend über die Sache nachdenken, alles planen, uns einen Plan A und einen Plan B ausdenken zu können, aber da hatten wir die Rechnung ohne die Hysterie von Jim-Jim gemacht, vor der mich der Mah-Jongg-Champion gewarnt hatte.

Im Fernsehen berichteten sie jetzt immer häufiger über den Krieg. War das Thema vor ein paar Monaten noch zwischen zwei Quizsendungen oder zwei Fernsehserien abgehandelt worden, wurden die Spezialsendungen jetzt immer zahlreicher, von Sprecherinnen präsentiert, die zu diesem Anlass in Khaki gekleidet waren. Man zeigte uns Luftaufnahmen von der Front, riesige Schlammebenen, von einem Netz an Schützengräben überzogen, in denen die Soldaten wie Regenwürmer lebten, ganz bleich, ganz durchnässt, aber, wie uns die Sprecherinnen versicherten, stets tapfer. Der ehemalige Flieger hatte die angenehm geheizten Studios verlassen und klapperte persönlich die Garnisonen ab, um seine Sendungen und seine Live-Shows zu organisieren. Er ließ ein paar junge Krüppel das Glücksrad drehen, und diese waren begeistert, wenn sie ein Schlafsofa oder eine Batterie Töpfe gewannen. Der Flieger stellte ihnen junge Starlets im Badeanzug vor und sagte: »In ein paar Monaten findet die große Tournee von Caroline Lemonseed statt ...« Und all diese Typen bekamen, während sie applaudierten, einen Steifen, eine ganze Kollektion zertrümmerter Visagen verzog sich bei der Vorstellung, die kleine Sängerin in Fleisch und Blut zu sehen, zu einem Lächeln. Frau Scapone war jedes Mal völlig außer sich. Sie hatte in einer Zeitschrift gelesen, dass er von seinem Fernsehsender ein Vermögen bekommen hatte, damit er durch den Matsch lief und den Mundgeruch der Soldaten einatmete, sie ertrug es nicht, dass er in jeder Sendung unauffällig Werbung machte: »Adjutant Lepetit wäscht seine Hemden mit dem Waschmittel Soundso, das im Kampf gegen Schweiß, Maschinenöl und Blutflecken besser abschneidet. Vor einem Angriff verleiht das Müsli Bummbumm der 201. Panzerbrigade viel Energie. Wer Ausgang hat, wärmt sich mit einem Glas Loony Manson, dem wahren Malz der Highlands. Shell, bei den Flammenwerfern der Wachtürme oder in Ihrem Motor, die Technik im Dienste der Sicherheit ...« Sie konnte ihn nicht ertragen, aber sie sah ihn sich trotzdem an, und am nächsten Tag kam sie mit Tüten voller Waschpulver Soundso und Müsli Bummbumm zurück.

Moktar hatte mir gesagt. »Ich bin ein Mann des Militärs, lass mich das Ganze organisieren, dann klappt schon alles.« Ich hatte ihm eine Woche zum Nachdenken zugestanden, in der ich meine Zeit vor allem damit verbrachte, mit Frau Scapone in der Wohnung des ehemaligen slowenischen Offiziers fernzusehen. Dieser pendelte zwischen seinem Arbeitszimmer und dem Schlafzimmer seiner von ihren nächtlichen Einsätzen erschöpften Schwester hin und her. Ich hatte ihn im Verdacht, dass er nicht wirklich über die Lösung meines Problems nachdachte, außerdem legte er mir nach einer Woche einen Plan vor, der mehr von einer Zirkusnummer hatte als von einem Kommandounternehmen, eine Geschichte von in einem Blumenstrauß versteckten Bomben, die den Kopf der jungen Caroline in die Luft jagen würden, sobald sie mit ihrer Nase in die Nähe kam. Frau Scapone hatte sich über ihn lustig gemacht, sie hatte gefragt, ob er nicht besser daran täte, Stickunterricht zu geben, er war beleidigt gewesen, hatte gesagt, wenn wir nicht zufrieden wären, könnten wir ja selbst versuchen, uns etwas auszudenken. Die alte Frau hatte gesagt, das sei überhaupt kein Problem, in zwei Tagen hätte sie eine Lösung. Auch ich hatte angefangen nachzudenken, sah aber überhaupt nicht, wie man sich der kleinen Sängerin auf ihrer Tournee an der Front nähern, die Absperrungen und Kontrollen passieren und dann wieder fliehen sollte. Ich wurde von Verzweiflung übermannt und stellte mir vor, wie mir von einem von Jim-Jims Helfershelfern die Kehle durchgeschnitten wurde oder wie ich in einem dreckigen Schuppen unter Minitrips Gelächter, das wie ein Krankenwagen klang, zu Tode geprügelt wurde. Frau Scapone servierte uns jedoch wie versprochen nach zwei Tagen die Lösung auf einem Tablett. Doch bevor sie Zeit fand, sie uns ausführlich zu erläutern, rief uns Dao Min ganz panisch an, um uns darüber zu unterrichten, dass der junge Mah-Jongg-Champion ermordet worden war.

18

Dao Min war schon bei unserer Ankunft ziemlich besoffen. Er führte uns taumelnd in den Hinterhof, wo die Leiche des Champions in einer schwarzen Blutlache lag, die eine Taube ganz nach ihrem Geschmack fand. Frau Scapone sagte: »Scheiße, verdammte.« Moktar nahm Dao Min in den Arm, wiegte ihn sanft und sagte ihm: »Dafür werden sie zahlen, das verspreche ich dir.« Ich stand da, starrte den Jungen an und überlegte, dass sein zertrümmerter Schädel zum größten Teil meine Schuld war.

Moktar holte ein großes Laken aus dem Kofferraum und wickelte den Toten darin ein. Dao Min, der sich immer mehr betrank, heulte, wollte, dass wir die Leiche in sein Land zurückschickten, damit sie in der Erde seiner Vorfahren beerdigt würde. Moktar musste mehrere Anläufe unternehmen, um ihm klar zu machen, dass das nicht möglich war, dass er jedoch dafür sorgen würde, einen Ort zu finden, der würdig genug war, ihm als Grabstätte zu dienen. Dao Min heulte noch mehr, sagte schließlich, dass er verstehen würde und dass er uns allen für unsere Anteilnahme dankbar sei. Moktar half ihm hoch in sein kleines Zimmer, das nach Soja roch, zog ihn aus und legte ihn ins Bett. Damals war Moktar für jeden wie ein Bruder: für seine neurasthenische Schwester, für mich und jetzt auch für Dao Min.

Im Auto erläuterte uns Frau Scapone den Plan, der es uns ermöglichen sollte, die kleine Caroline Lemonseed aus dem Weg zu räumen. »Erinnert ihr euch an den Typen, von dem ich erzählt habe, der Schuldgefühle hatte wegen meinem Mann und der ganzen Scheiße, die man mir verheimlicht hat. Er steht irgendwie in meiner Schuld. Wenn ich ihn um etwas bitte, kann er es mir nicht abschlagen. Also habe ich ihn angerufen und mich erkundigt, er hat gesagt, dass zusätzlich zu dem Fernsehteam, das Caroline auf der Tournee an der Front begleiten werde, noch eine kleine Division von rund fünfzig Mann da sein würde, die ihre Sicherheit gewährleisten und aufpassen solle, dass alles in Ordnung geht, damit sie nicht jeden Abend irgendeinen Perversen unter der Bettdecke findet. Außerdem seien fünfzig Typen für ihre Sicherheit auch eine nette Reklame für die Tournee. Kurzum, man wird ihr nicht von den Fersen weichen, und bei dem ganzen Aufgebot um sie herum auch nur irgendetwas unternehmen zu wollen, wäre der reinste Selbstmord. Ich habe daraufhin lange nachgedacht und überlegt, dass es das Beste wäre, unter diesen Typen zu sein. Zu dieser Division zu gehören…«

Moktar grinste und fragte, wie sie uns da hineinbekommen wollte. Ich begnügte mich damit, darauf hinzuweisen, dass ich kein Soldat war und dass man das ebenso deutlich sehen könnte wie die Nase in einem Gesicht. Frau Scapone fegte unsere Einwände mit einer Handbewegung beiseite:

»Was die Anmusterung dieser Division angeht, so hat mir mein schuldbewusster Freund versichert, dass dies kein Problem sei. Die Armee ist nicht so gut durchorganisiert, wie man glaubt, ständig gehen Akten verloren oder werden vertauscht. Eure werden sich eines Tages bei den achtundvierzig Akten der anderen befinden, die zu diesem Kontrollapparat gehören sollen. Und dann«, sagte sie und drehte sich zu mir, »was Ihre militärische Eignung angeht, so glaube ich, dass Moktar bestens geeignet ist, Ihnen das A und O des Militärs beizubringen.«

Moktars Lächeln konnte ich entnehmen, dass er sich geschmeichelt fühlte. Während das Auto auf die Vororte zuhielt und ein feiner, kalter Regen die Straße zu einem glänzenden Spiegel machte, wuchs in meinem Herzen eine Angst von der Größe eines Bombenflugzeugs heran. Die Beerdigung des Champions ging rasch vonstatten. Während Frau Scapone im Auto eine Zigarette rauchte, hoben wir in einem Waldstück an der Autobahn ein Loch von achtzig Zentimetern Tiefe aus. Moktar riss dem Leichnam ein paar Zähne aus und schnitt ihm die Fingerkuppen ab, damit man ihn nicht identifizieren konnte und die Geschichte unter uns blieb. Wir versenkten die Leiche in dem Graben, auf Dao Mins Wunsch hin legte ich neben den Kopf den Mah-Jongg-Spielstein »Wind des Westens«. Dann schaufelten wir das Loch eilig zu, nass vom Regen und schweißgebadet.

19

Irving Naxos war gut fünfzehn Jahre lang einer der besten
zypriotischen Elektriker gewesen. Er hatte die Insel der Länge
und Breite nach mit seinem Lieferwagen voller Kabel, Mess-
instrumente und Zangen durchquert und dabei zwischen den
Zähnen traditionelle Lieder gepfiffen, ohne auch nur einen
Moment lang etwas von seinem schrecklichen Schicksal zu ah-
nen. Dabei war er unter einem günstigen Stern geboren. Seine
Eltern waren Bauern, sie lebten bescheiden, aber es fehlte ihnen
an nichts. Sein Vater liebte ihn, seine Mutter auch. Er wurde
nur selten bestraft, nie geschlagen. Im Alter von etwa zwölf
Jahren allerdings fing er an, einen seltsamen Traum zu träumen,
der ihn jedes Mal in düstere Ratlosigkeit versetzte. Er war ein
riesiger Nachtfalter, der über Städte und ländliche Gegenden
flog. Er drang in die schlafenden Häuser ein, flog leise in die
Schlafzimmer und fügte den Leuten Verletzungen zu. Große
Verletzungen. Bis sie bluteten. Der riesige Nachtfalter liebte
das. Es berauschte seinen Nachtfalterkopf. Ihm wurde schwindlig vor Glück. Jedes Mal wachte Irving auf und fing an zu weinen. Wenn er seiner Mutter davon erzählte, erklärte sie ihm,
dass er im Kopf ein weißes und ein schwarzes Kaninchen habe
und dass jedes der beiden Kaninchen dasjenige sein wollte, das
über Irving bestimmte. Am Tag war es das weiße Kaninchen,
und in der Nacht, wenn er schlief, war es das schwarze. Sie sagte, das sei nicht schlimm, alle Menschen seien ein bisschen so.
Das sei normal. Also träumte er weiterhin diesen Traum. Der

Falter fügte den Leuten immer größere Verletzungen zu, und die Leute bluteten immer mehr. Irving weinte aber morgens nicht länger. Alle Menschen waren ein bisschen so. Das war normal.

Die Jahre vergingen, Zypern wurde zu einer Insel, randvoll mit Touristen. Noch in den hinterletzten Winkeln des Landes wurde Deutsch gesprochen. Überall florierten scheußliche kleine Hotels, zu heiß, zu teuer, in denen man auf quietschenden Betten schlief und gräuliche Omelettes zu essen bekam. Und alle diese kleinen Hotels engagierten Irving, der für Elektroinstallationen einen guten Ruf hatte. Irving war stämmig geworden. Er trug nur noch XXL und hatte sich einen dichten Schnurrbart wachsen lassen. Er erinnerte an einen Cowboy aus ›Pale Rider‹. Das gefiel ihm. Jedermann würde Ihnen sagen, dass er das Herz am rechten Fleck trug. Ein toller Typ, der zweihundert Kilometer zurücklegen konnte, um eine Sicherung auszutauschen. Nachts träumte er immer noch von seinem Falter. Dieser tat schreckliche Dinge. Irving Naxos' Nächte waren unendliche Gemetzel. Aber das war normal, sagte er sich. Alle Menschen waren ein bisschen so.

Am Tag vor dem Ereignis, das sein Leben komplett verändern sollte, hatte es unaufhörlich geregnet. Ein fetter mediterraner Regenguss. Ein Schleier aus warmem Wasser, der senkrecht auf die Insel niederging. Es kam fast überall zu Kurzschlüssen. Gleich am nächsten Tag war er auf der Straße. In der Nähe des Troghodhos-Passes bemerkte er rund hundert Meter unter sich ein kleines, auf dem Dach liegendes rotes Auto, dessen Fall von einer Reihe Olivenbäume gebremst worden war. Irving stellte das Auto ab und kletterte vorsichtig die Böschung hinunter. Trockene Gräser und Zwergbüsche klammerten sich an seine Hose. Apfelgrüne Eidechsen beäugten ihn aus der Ferne. Der Boden war aufgrund der Regenfälle vom Vortag feucht und glitschig, und er fiel mehrmals fluchend hin.

In der Nähe des Autos war Benzingeruch wahrzunehmen, der sich mit dem Geruch der Oliven vermischte. Ein Geruch nach Industriegebiet, dachte Irving. Hinter den Splittern der Windschutzscheibe konnte er zwei reglose Gestalten erkennen. Die Türen leisteten Widerstand, und er musste auf allen vieren durch den Kofferraum klettern. Der umgekippte Wagen war voller Blut, und Irving beschmierte sich Hände und Knie, aber das kümmerte ihn einen feuchten Kehricht. Drinnen herrschte ein heilloses Durcheinander. Henkelkörbe, Papierservietten, ein Fotoapparat. Er griff nach der ersten Gestalt und zog sie aus dem Auto: ein blondes junges Mädchen, den Schädel auf der linken Seite völlig eingedrückt. Dann zog er die andere heraus: ein etwa zwölfjähriger Junge, ebenso zugerichtet, den er neben das Mädchen legte. »Himmel, was für ein Anblick«, sagte sich Irving.

Er wusste genau, dass er Hilfe holen sollte, aber er tat es nicht. Er betrachtete eine ganze Weile die beiden Leichen, die des Mädchens, die des Jungen. Ohne recht zu wissen, wie ihm geschah. Er näherte sich dem Mädchen, sie sah wirklich aus wie eine Deutsche. Sie trug einen Rock wie eine Deutsche, war geschminkt wie eine Deutsche. Er nahm ihren rechten Arm, der ganz steif war, und hob ihn hoch. »Heil Hitler!«, sagte er. Er fing an zu lachen. Dann stellte er fest, dass sie wirklich tolle Beine hatte, und er erlitt einen leichten Schwindelanfall in der Art des Nachtfalters, und ihm wurde klar, dass das schwarze Kaninchen im Begriff war, das weiße Kaninchen zu bezwingen. Er hatte ein wenig Angst vor dem, was passieren könnte, dann sagte er sich, das sei normal. Alle Menschen seien so. Nachdem er sich um das Mädchen gekümmert hatte, fing er an, Fotos zu machen. Von dem Jungen, von dem Mädchen. Dann warf er Steine auf sie. Aus zwei Metern, fünf Metern, zehn Metern Entfernung. Kein Zweifel, er zielte gut. Nach einer Stunde kletterte er wieder nach oben, um seinen Reparaturen nachzugehen.

Seltsamerweise blieben seine Erinnerungen an die Zeit, die der Entdeckung des kleinen Autos folgte, bis zu seinem Eintritt in die Armee sehr vage. Als Naxos berühmt wurde, gab ein zweifelhafter Journalist zu verstehen, dass zahlreiche Koinzidenzen zu der Annahme verleiten könnten, er sei der »Schlächter der Olivenbäume«, der gut zehn Jahre lang rund dreißig deutsche Touristinnen entführt und auf schrecklichste Weise umgebracht hatte. Wie dem auch sei, als der Krieg ausbrach, meldete er sich freiwillig. Sein taktisches Gespür, seine Intelligenz, sein Mut ließen ihn rasch die Stufen der Hierarchie erklimmen. Ihm wurde eine Division anvertraut, die den Namen »Herbstregen« annahm, eine bunt zusammengewürfelte Truppe, keine echten Profis, ehemalige Motelbetreiber, ehemalige Köche, ehemalige Taxifahrer, ehemalige Bullen etc., die allesamt auf der Rückseite ihrer Jacke einen hübschen schwarzen Nachtfalter trugen.

Zum Zeitpunkt meines und Moktars Eintretens hatte der »Herbstregen« erst einen Feldzug hinter sich. Eine ziemlich einfache Geschichte mit Unterstützung aus der Luft und allem Drum und Dran, aber Naxos hatte die ganze Sache zügig abgewickelt. Man hatte ihn immer wieder im Fernsehen gesehen. Verdreckt, durch den Staub kriechend, seinen Männern Befehle zubrüllend. Mit seiner Cowboyfresse war er zu einem Star geworden. Er hatte mit einem Kabelsender einen Vertrag geschlossen, wonach dieser ihn von nun an exklusiv begleiten durfte. Naxos war zufrieden, die Werbefritzen waren zufrieden, der Sender war zufrieden. Plötzlich hatte jemand auf höchster Ebene die Idee, ihm und seinem »Herbstregen« die Protektion von Caroline Lemonseed anzuvertrauen. Das sei eine gute Verbindung, fand man, sie erinnere an ›Wem die Stunde schlägt‹, es sähe nach einem Film mit zwei jungen Stars aus, und man fing schon an, von einer Romanze zwischen dem Soldaten und der Sängerin zu träumen.

20

Frau Scapone hatte ihre Arbeit gut gemacht. Unsere Unterlagen hatten sich auf dem Stapel fast identischer Unterlagen der anderen auf Naxos' Schreibtisch befunden. Die Akten enthielten nicht viel, nur: Name, Vorname, Beruf, Geburtsdatum. Sie waren eine reine Formalität. Was zählte, war der Eindruck, den man auf den Chef des »Herbstregens« machte.

Moktar und ich fanden uns in einem kleinen Zimmer mit Neonbeleuchtung wieder, in dem wir warten mussten. Es roch nach Chlor und Schweiß. Hinter einer Tür aus Walzstahl stellte Naxos einem großen Dürren, der wie wir zu einem Vorstellungsgespräch gekommen war, Fragen. Bevor er hineingegangen war, hatte er uns erzählt, dass er Dirk heiße, er sei Maurer und von einem Drecksskerl gefeuert worden, der ihn ständig mit einem Grinsen provoziert und heimlich beobachtet hatte. Eines Tages hatte Dirk die Schnauze voll gehabt und ihm gesagt, er solle aufhören zu grinsen und ihn zu beobachten. Dirk erzählte uns, der Typ habe nicht aufgehört, eine regelrechte Provokation. Dirk hatte dagegen ankämpfen wollen, er hatte ihm Werkzeuge ins Gesicht geschleudert: Schraubenzieher, Schraubenschlüssel, und war daraufhin gefeuert worden. Dann war er hierher gekommen, um sich für Naxos' Miliz zu bewerben, von der man ihm nur Bestes erzählt hatte.

Nach einer Viertelstunde war Dirk, der große Dürre, lächelnd aus dem Büro gekommen.

»Dieser Mann ist ein Genie!«, hatte er zu uns gesagt. »Ein

großes Genie! Er sieht durch einen hindurch wie durch ein Glas Wasser! Er hat mir Sachen über mich erzählt, die ich mir nie hätte vorstellen können! Er hat gesagt, ich sei wie geschaffen für den ›Herbstregen‹. Jetzt seid ihr dran. Vielleicht sind wir ja bald Kollegen ...«

Moktar und ich traten ein. Naxos war gerade dabei, etwas auf einen Zettel zu kritzeln. Er trug eine ziemlich schlichte khaki-farbene Uniform, keine Tressen, keine Orden, nur den auf-gestickten schwarzen Falter auf seiner Hemdtasche. Wir blieben stehen und sahen ihn an. Er strahlte etwas Seltsames aus. Ir-gendwas, das ein leichtes Unwohlsein verursachte. Etwas Unde-finierbares. An der Wand hingen Fotos von Zypern, ein oder zwei Zeitungsausschnitte, die von der Miliz berichteten, und die Zeichnung eines nackten Mädchens vor einem Panzer. Nach einer guten Minute blickte er auf und hieß uns Platz nehmen. Er sah uns an, seine Augen waren schwarz und glänzten wie Oliven. Seine Brauen ähnelten zwei Wacholdersträuchern.

»Ich werde euch nicht fragen, warum ihr zu meiner Miliz ge-hören wollt. Jeder hat seine Gründe und alle Gründe sind okay. Die Gründe sind mir egal.«

Er sprach ohne Akzent. Dann fixierte er uns. Seine beiden Oliven auf uns gerichtet. Die beiden Sträucher, Gegenstand einer winzigen Unruhe. Ich erinnerte mich an Dirks Worte über das Wasserglas.

»Ich will nur wissen, ob ihr Nerven und Schneid habt. Wenn ihr keine Nerven und keinen Schneid habt, ist euer Platz in der regulären Armee oder in den Zivilbehörden. Habt ihr verstan-den?«

Moktar und ich nickten.

»Zeigt mir eure Hände!«, sagte er.

Wir streckten sie ihm hin.

»Die Handflächen nach oben!«

Wir gehorchten, er beugte sich vor und untersuchte schweigend unsere Hände. Dann lächelte er uns an.

»Da ist Blut dran. He? Bei beiden. He? Das sehe ich. Ich weiß noch nichts über eure Nerven und euren Schneid. Das sehen wir bald. Aber eure Hände gefallen mir. Seht euch meine an.«

Er zeigte uns seine Handflächen. Daran war nichts Besonderes. Viereckige kleine Hände, sehr gepflegt.

»Seht ihr?«

Wir nickten. Aber wir sahen überhaupt nichts.

»Das Training, die Ausbildung, das ist alles nichts wert. Was zählt, sind die Hände. Und die Nerven und auch der Schneid. Aber vor allem die Hände. Sie sind das Wichtigste an einem Soldaten. Wenn ihr Nerven und auch noch Schneid habt, dann werdet ihr große Soldaten werden. Ansonsten seid ihr tot. Habt ihr verstanden?«

Wieder nickten wir. Aber wieder hatten wir von dem etwas wirren Gerede nicht viel verstanden. Naxos grinste noch einmal, er sagte, dass wir ihm gefielen und dass wir uns von jetzt an als Angehörige des »Regens« betrachten dürften. Wir würden Uniformen bekommen, eine Waffe, ein Bett in der Kaserne, und bald sei nichts mehr so, wie es war, sagte er uns.

Beim Hinausgehen war Moktar stolz wie ein Gockel.

»Der Mann ist ein Genie«, sagte er plötzlich, »ein wahres Genie.«

Ich fragte mich, wo sein ganzer Hass auf das Militär abgeblieben war. Dann stellte ich fest, dass auch ich stolz war.

»Ja«, sagte ich. »Ein Genie!«

21

Ich gewöhnte mich schnell an das Soldatenleben und fand sogar Gefallen an seiner Strenge. Man muss sagen, was die Neuankömmlinge anging, waren die Vorschriften eher zahm. Man ließ uns morgens ein wenig schießen, wir lernten, das Funkgerät zu bedienen, wir lernten, Granaten zu werfen, wir machten ein bisschen Zweikampf zum Spaß, wir lernten die Fünf-Finger-Sprache: ein Finger nach oben gestreckt hieß, los geht's, zwei Finger hießen, du gibst mir Deckung, drei Finger, warten, vier verduften, und fünf waren da, um jemandem zu sagen, dass er den Mund halten soll. Simpel. Moktar fühlte sich wie ein Fisch im Wasser. Sehr bald machte ihn seine Erfahrung zu einem von Naxos' bevorzugten Elementen. Dirk, der große Dürre, den wir am ersten Tag nach dem Gespräch getroffen hatten, verausgabte sich total. Er regte sich bei der geringsten Kleinigkeit auf, schoss wild drauflos, kapierte nichts beim Funken, aber Naxos sah in ihm ein unglaubliches Potenzial, das sich im Gelände erst richtig entfalten würde.

Die alten Milizen, die an den ersten Operationen des »Herbstregens« teilgenommen hatten, halfen uns beim Training. Der Unterschied zwischen ihnen und uns war nicht groß. Es war ein bunt zusammengewürfelter Haufen aller Altersgruppen, aller Berufsgruppen, die einen geschickt, die anderen nicht, kräftig oder nicht, mutig oder nicht, extravertiert oder von finsterem Gemüt, deren Hände jedoch Irving Naxos einmal gefallen hatten. Die Alten sagten, wir würden schon sehen, wie die Keilerei wäre, wie es wäre, unter Beschuss zu sein, das könnte man nicht erklären. Das sei wie eine Droge. Das ginge direkt ins Gehirn, rums! Und hinterher sähen die Dinge anders aus als vorher. Wir Neuen wurden von dem ganzen Gerede über den Krieg und die Keilerei ganz aufgeregt. Wir fragten uns wirklich, wie es wohl sein würde, wir sagten uns, zu Naxos' Miliz zu gehören hieße, zur rechten Zeit am rechten Ort zu sein, zumal uns jeder Tag, der verstrich, den Eindruck vermittelte, eine völlig unverwundbare Kriegsmaschinerie zu sein. Wir schossen wie die Götter, wir schleuderten Granaten mit bestürzender Präzision, wir kannten unabwendbare Kniffe, im tiefsten Innern hatten wir das Gefühl, alles laufe wie geschmiert.

Der Kabelsender, mit dem Irving einen Vertrag geschlossen hatte, wollte, dass der »Herbstregen« vor Caroline Lemonseeds großer Tour, die mit dem Erscheinen ihres neuen Albums zusammenfiel, eine oder zwei Operationen durchführte. Einfache Operationen mit richtigen Guten und richtigen Bösen. Operationen, deren Ablauf ein für allemal im Gehirn der Zuschauer das Ansehen der Miliz einbläuen sollte. Operationen letztlich, für die die Werbefritzen ein Vermögen zahlen mussten und die dem Sender ein hübsches Sümmchen einbringen würden. Naxos hatte keine Einwände, der schwarze Falter hatte schon immer gern im Rampenlicht gestanden, und er wählte einen fahlgrauen Morgen aus, um uns auf dem kleinen Übungsgelände zu versammeln und uns zu sagen, dass wir bereit zu sein hätten, dass wir in achtundvierzig Stunden auf Lastwagen geladen und zu einem geheimen Ort gebracht würden, dass wir sehen würden, ob die Alten immer noch gerne kämpften und ob die Neuen wirklich Nerven und Schneid hätten.

22

Nach Nikotins unerklärlichem Wutausbruch, der mich um ein
Haar das Leben gekostet hätte und die Einmischung der kleinen
Medizinstudentin – Gott segne sie – erforderlich machte, ent-
spannte sich die Atmosphäre in meinem Krankenzimmer ein
wenig. Die verrückte Alte kümmerte sich weiterhin um mich,
kam mehrmals am Tag in mein Zimmer, kontrollierte die An-
schlüsse und Schläuche, die esoterischen Schwingungen der
Nadeln und das schwache, fahle Licht der Messgeräte, wobei
sie jedes Mal sagte:»So ist's gut, ja, so ist's gut.« Und tatsächlich
war alles gut. Ich bewegte den Kopf, die rechte Hand und ein
bisschen die Schulter. Diese großen Fortschritte ließen mich
große Pläne hegen, vielleicht würde ich es morgen schon schaf-
fen, mein Kopfkissen zu verschieben, aus eigener Kraft meine
Decke hochzuziehen oder sogar ohne Hilfe zu essen. Ich wurde
von den ehrgeizigsten Projekten aufgezehrt und fing sogar an,
mich zu entspannen.

Inzwischen warf jedoch ein neues Ereignis, erschreckender
noch als die Aggression, der ich ausgesetzt gewesen war, einen
kalten Schatten auf meine Stimmung und rückte die Absichten
der Leute, die mich in diesem verfluchten Krankenhaus umgaben, in ein noch rätselhafteres Licht. Es geschah in der Nacht.
Ich lag in einem für Kranke typischen Halbschlaf. Traumfetzen
suchten mich in Wellen heim. Stiegen an und schwollen ab. Mir
war ein bisschen übel, mir schwirrte ein wenig der Kopf, da
meine geöffneten Augen seit Stunden die gegenüberliegende

Zimmerecke fixierten. Wegen der Medikamente war meine Zunge so trocken und hart wie ein Stück Sperrholz. Die Zimmertür öffnete sich und ich sah die Silhouette eines Mannes auf mich zukommen. Er blieb vor meinem Bett stehen. Es war zu dunkel, als dass ich sein Gesicht erkennen konnte, aber es war in jedem Fall nicht der Chefarzt. Es war jemand, den ich noch nie gesehen hatte. Die Gestalt verharrte mehrere Sekunden so und starrte mich an. Mein Herz schlug mächtig in der Brust. Der Typ hätte mir alles Mögliche antun können, ohne dass ich in der Lage gewesen wäre, mich zu wehren.

»Hier ist's zu dunkel. Wir müssen das Licht anmachen, sonst wird das nichts …«, meinte die Gestalt mit tiefer Stimme in Richtung einer anderen, die hinter der Tür stehen geblieben war. Die Stimme hinter der Tür antwortete. Ich erkannte in ihr die der kleinen Studentin.

»Nein, nein. Versuch's mit dem Blitz. Wenn du das Licht anmachst, kann man das von draußen sehen.«

»Den Blitz kann man auch sehen …«

»Hör zu, Mann, du warst derjenige, der darauf bestanden hat. Sieh zu, dass niemand was sieht, und hau ab …«

»Okay, okay. Ich mach's mit Blitz.«

Und schon, wumm! wumm! wumm! schleudert mir die Silhouette drei Blitze ins Gesicht und verzieht sich schnell wieder, wobei sie mich völlig blind zurücklässt. Die ganze Nacht über fragte ich mich, was das Foto einer armen Kreatur in einem Krankenhausbett wohl Aufregendes an sich haben konnte.

23

Mein geliebter Moktar,

ohne dich zieht sich die Zeit wie Ahornsirup, die Tage sind alle gleich, einer wie der andere, und von schrecklicher Langeweile geprägt. Deine Schwester geht weiterhin von abends bis morgens aus. Ich habe mehrmals versucht, mit ihr zu reden und ihr zu erklären, dass sie ihre Jugend vergeudet, wenn sie sich so herumtreibt, aber sie hört nicht. Sie sagt nur, sie sei nicht jung, sondern ich sei alt. Und sie sagt, wenn es etwas gegeben habe, das zu vergeuden gewesen wäre, dann hätten ihr Bruder und dieser Dreckskerl von seinem Freund es vor langer Zeit erledigt. Das Einzige, was ich noch für sie tun kann, ist, dafür zu sorgen, dass sie ein Bett mit sauberen Laken und ein ordentliches Frühstück vorfindet. Dao Min kommt langsam über den Tod des kleinen Studenten hinweg. Er hat sein Foto in einem Bambusrahmen im Restaurant über der Kasse aufgehängt. Ich habe ihm gesagt, sein Freund sei jetzt sicher im Paradies, aber er hat mir geantwortet, dass dieser Buddhist gewesen sei, Tendenz Mittleres Fahrzeug, und dass, wer als Buddhist Tendenz Mittleres Fahrzeug stirbt, in die Kerbe eines Zahnkranzes kommt, der sich im Raum dreht, und dass es darin bei weitem nicht so gemütlich wäre wie in unserem Paradies. Er dankte mir aber trotzdem für meine Anteilnahme. Ich sehe jeden Tag im Fernsehen die Sendung, die der Flieger moderiert. Er redet viel über die kleine Caroline, er hat sogar eine Sondersendung gebracht, um ihre Tournee an der Front anzukündigen. Sie war mit ihren Eltern und

einem Haufen Prominenter gekommen. Sie ist wirklich charmant.
Ganz einfach, mit einem Engelsgesicht. Sogar Jim-Jim Slater war
da. Ich habe beim Gedanken daran, wie viel Überwindung es ihn
gekostet haben musste, dabei zu sein, laut gelacht, aber ich nehme
an, er hat sich gesagt, die Kleine macht es eh nicht mehr lange. So
ein Widerling! Wenn ich daran denke, dass er und die verfluchte
Knete seiner Plattenfirma daran schuld sind, dass wir jetzt in
dieser Situation stecken. Na ja, denken wir nicht zu viel darüber
nach. Salvatore sagte immer: »Keine Reue, Pläne, neue«. Sie haben
eine Reportage über den Krieg gezeigt. Immer das Gleiche. Sie
haben erklärt, wie weit wir mit den ganzen Dreckskerlen sind und
was sie den Kriegsgefangenen antun. Ein Typ, der entkommen ist,
erzählte, dass die Wächter, bis auf die Knochen abgefüllt mit Stoff,
sie mit Stacheldraht gefesselt, ihnen die Hände abgeschnitten, die
Augen ausgestochen und andere Dinge gemacht hätten, die noch
tausend Mal schlimmer waren und die man im Fernsehen nicht
erzählen konnte.

Sei vorsichtig, mein Schatz, du fehlst mir sehr. Seit deiner Abrei-
se hat sich ein großes Loch in meiner Brust geöffnet, aus dem mei-
ne ganze Energie entweicht. Oft nehme ich deine Briefe aus der
kleinen Blechdose. Nur, um deine Schrift zu sehen. Das gibt mir
die Kraft, die ich brauche, um bis zum Abend durchzuhalten. Dei-
ne Arme sind brennende Bäume, deine Beine rosa Marmorsäulen,
dein Körper ein windgepeitschter Felsen. Sei vorsichtig, Grüße an
alle. Ich hoffe, dass mit der Lemonseed alles gut geht.

Moktar hatte mir Frau Scapones Brief im Lastwagen vorgelesen,
auf der Fahrt zu dem vorgeschobenen Posten, wo Naxos ein
Treffen mit dem ehemaligen Flieger und seinem Fernsehteam
vereinbart hatte. Seine Stimme zitterte vor Rührung. Er fragte
mich, was ich davon hielte, ob mich die Worte dieser wunder-
baren Frau nicht auch wie ihn zu Tränen rührten. An diesem

Morgen war ein Blumenbeet in Moktars Herz zur Welt gekommen.

Die Stimmung, die im Lastwagen herrschte, war hingegen alles andere als lustig. Wir waren im Morgengrauen aufgestanden, hatten uns im Hof des Trainingscenters versammelt, um Naxos' letzte Anweisungen entgegenzunehmen, und waren dann auf Lastwagen verfrachtet worden, die eiskalt, dreckig und äußerst unbequem waren und offenkundig von besoffenen Fahrern gesteuert wurden. Der Dreck, die Kälte, die Unbequemlichkeit und der Suff: So schlossen wir Anfänger Bekanntschaft mit den ersten Seiten des echten Soldatenlebens. Dirk zog ein Gesicht bis zum Boden, mit hochgeschlagenem Kragen knurrte er über den Winter und seine Mutter, die ihn in den schlechtesten Zeiten zur Welt gebracht hätte. Die zig anderen Typen, die mit uns unterwegs waren, hielten den Mund, zu müde und zu durchgefroren, um etwas zu sagen. Alle hatten beim Gedanken an unsere ersten Operationen etwas Angst. In den Wochen der Ausbildung hatten wir unsere Witze darüber gemacht, aber jetzt fragten wir uns wirklich, wie sich eine Kugel im Bauch oder ein Granatsplitter im Gesicht anfühlten. Wir fragten uns, wie wohl ein Leben ohne Beine oder Arme aussähe, ein Leben, wenn man nichts mehr sah, und überhaupt, wozu es gut sein konnte, dass man uns frieren ließ, dass man uns zu Unzeiten weckte, dass die Militärlastwagen in derart miserablem Zustand waren, ob das wirklich half, den Krieg zu gewinnen, oder ob das ein Sinnbild des Universums war, sinnlos vom Zentrum bis zur Peripherie. Die Stille, die herrschte, war schwer und dunkel wie die Leiche eines Pferdes. Nach ein paar Stunden waren die Stadt und ihre Vororte nur noch eine Erinnerung, und was wir durch die Wagenplanen sahen, war eine Gegend aus brauner Erde, matschig, menschenleer, den Krähen überlassen, die uns im Vorbeifahren böse Blicke zuwarfen.

Wir fuhren vier Stunden am Stück, bevor wir an einer Autobahnraststätte Halt machten, die in einem erbärmlichen Zustand war. Soldaten einer anderen Division hatten in dem, was einmal ein Selbstbedienungsrestaurant gewesen sein musste, einen Imbiss errichtet. Die meisten Plastikstühle waren zerbrochen, die Tische von Abfällen übersät, die Pissoirs liefen über, aber alle schienen großzügig über diesen Saustall hinwegzusehen. Wir steuerten sogar noch das Unsere dazu bei. Wir bekamen Kaffee, feuchte Sandwichs und durften wieder auf die Lastwagen klettern. Naxos sagte: »Merkt ihr, es fängt an, nach Krieg zu riechen. Man braucht ein bisschen Übung, um es zu riechen. Es ist gleichzeitig etwas mehr und etwas weniger.«

Moktar pflichtete ihm bei:

»Genau, das ist der Krieg. Die Gerüche. Etwas mehr und etwas weniger.«

Ich für meinen Teil konnte außer Diesel und Pisse nichts riechen. Ich schob es auf meine mangelnde Erfahrung. Wir fuhren noch weitere vier Stunden. Die Autobahn war in einem grauenhaften Zustand. Seit Jahren nicht unterhalten worden. Keine Markierungen mehr, die Hitze und die Kälte hatten reihenweise Schlaglöcher gegraben, die Ausfahrten verwiesen auf Städte, die seit Monaten dem Erdboden gleichgemacht waren und von denen in der Ferne nur ein unscheinbarer Glockenturm, der Schatten eines Einkaufszentrums oder die düsteren Überreste von Sozialwohnungen geblieben waren, die von weitem und vor dem Grau des Himmels an die Skelette riesiger Leguane in einem naturkundlichen Museum erinnerten. Wir waren auf einmal ganz dicht an der Front, fast in Spuckweite. Wir hörten in rund zehn Kilometern Entfernung Hubschrauber kreisen, wir begegneten Lastwagen, die wie unsere aussahen, die kamen und fuhren, voller Typen, müde, durchgefroren und genervt wie wir.

»Wenn es ans Kämpfen geht, werde ich an meinen früheren Chef denken, dann werde ich ganz fies«, hatte Dirk gesagt.

»Wenn es ans Kämpfen geht, wirst du an gar nichts mehr denken«, hatte Moktar gesagt. »Dein Hirn wird sich in zwei Sekunden leeren. Und dir wird ganz anders werden. Schwindlig und übel. Man sieht nix, man hört nix. Man kämpft, man kotzt, man macht in die Hose und man schießt auf Typen, die kotzen und in die Hose machen. Du wirst schon sehen. Das ist das Widerliche am Krieg. Es gibt nur Scheiße und Kotze.«

Keiner fühlte sich mehr wohl in seiner Haut. Wir waren alle Helden, wir waren der »Herbstregen«, wir hatten einen schwarzen Falter auf der Uniform, unser Chef hieß Irving Naxos, wir waren eine Million Mal besser als die kleinen Soldaten zu zwei Sous, denen wir auf der Straße begegneten, wir waren Kriegsmaschinen, und eine Maschine macht nicht in die Hose. Niemand wollte Moktars dummes Gerede hören. Der Lastwagen fuhr auf den Parkplatz eines Holiday Inn, wo wir vom Fernsehmoderator, einem kleinen Hofstaat aufgeregter Pressesprecher, ein oder zwei Kerlen in schicken Mänteln und einem Hubschrauber mit dem Logo des Fernsehsenders erwartet wurden.

Der Tag ging seinem Ende zu, und man hatte ein paar kräftige Scheinwerfer aufgestellt, um diese Cocktailgesellschaft zu erleuchten. Der Fernsehmoderator stand neben einem großen Tisch mit Kaffee und Kuchenstücken und redete auf vier Typen im Anzug ein, die offenbar darum konkurrierten, wer von ihnen die fieseste Technokratenfratze hatte, als er uns kommen sah. Wir durften von den Lastwagen klettern, ein Fotograf schoss ein paar Fotos, und der Fernsehmoderator kam auf uns zu, eine Tasse Kaffee in der einen Hand, ein Stück Kuchen in der anderen und eine kleine Pressesprecherin im Gepäck, die ihm nicht von der Seite wich.

»Aaaah, da sind sie ja, die neuen Rekruten. Und auch ein paar Gesichter, die ich kenne ...«

Er hielt der Pressesprecherin seinen Kaffee und den Kuchen hin und schloss Irving in die Arme. Der Fotograf war ganz aufgeregt, Blitz! Blitz! Blitz! Als würde er einen historischen Moment verewigen.

»Mein Bester, wir freuen uns, Sie in Ihrem Element zu sehen, wir werden ein paar super Sendungen mit Ihnen machen. Tausend Mal besser als das erste Mal, Sie werden sehen, wir schicken die Einschaltquoten in die Erdumlaufbahn. Ich muss Sie noch ein paar Leuten vorstellen.«

Er drehte sich um und gab der Hand voll Arschgesichter, die hinter ihm warteten und jetzt näher kamen und zu lächeln versuchten, ein Zeichen.

»Das ist Mister Store von Kellogg's, Mister Bone von General Food, Mister Tuning von Petrofina und Mister Spinning von den Prozessoren Spinning.« Die vier hatten Naxos der Reihe nach die Hand geschüttelt, während der Moderator weitersprach.

»Das sind unsere wichtigsten Auftraggeber. Sie haben die ganze Logistik von Carolines Tournee finanziert, die fünf Lastwagen, die Busse, die Bühne, den ganzen elektrischen Kram, den Ordnungsdienst, um die aufgegeilten Soldaten davon abzuhalten, auf die Bühne zu klettern, das alles ist mit ihren Flocken passiert. Wir werden für Sie auch einen Hubschrauber zur Verfügung haben und zwei Mannschaften am Boden, mit Steadicams und Nachtsichtkameras, für alle Fälle. Das wird eine tolle Produktion.«

Die vier Typen nickten zustimmend. Irving Naxos sah immer mehr aus wie ein Star.

24

Kein Mensch kommt mich je besuchen. Das habe ich gestern Abend gemerkt, als ich das etwas fade Apfelkompott der Klinik mit einem Strohhalm zu mir genommen habe. Nikotin hielt den Becher und sah woanders hin. Kein Zucker im Brei, kein liebes Wort von Nikotin, keine tröstende Geste, kein Lächeln, ich habe mich auf einmal schrecklich allein gefühlt. Ich fragte mich, warum niemand auf die Idee kam, mich zu besuchen. Was meine Eltern angeht, ist das normal. Ich frage mich manchmal, ob sich meine Mutter überhaupt daran erinnert, ein Kind auf die Welt gebracht zu haben. Vielleicht vergessen zerstreute Frauen derartiges gelegentlich. Aber dass mich absolut niemand besucht, nicht Frau Scapone, nicht Dao Min oder auch nur eine Bekanntschaft aus früheren Zeiten, das hat mich wirklich zutiefst betrübt.

Seit kurzem hat mein Hals seine Beweglichkeit wiedererlangt, wenn ich den Kopf nach rechts drehe und leicht nach hinten neige, kann ich vom Bett aus durch die halb offene Tür ein Stück vom Flur sehen. Ich sehe Leute kommen und gehen, Ärzte, Krankenschwestern, Kranke, die einen Tropf vor sich herschieben. Eine Woche ist vergangen, seit der geheimnisvolle Fotograf, der von der Medizinstudentin eingelassen wurde, eine Porträtaufnahme von mir gemacht hat, und ich weiß noch immer nicht, warum. Wie dem auch sei, ich habe angefangen, diese bescheuerte kleine Studentin zu hassen. Ihr kümmerliches aufgesetztes Nobelpreisträgergehabe mit ihren Lehrbüchern unterm Arm. Ihre hochnäsige Miene, die besagte, dass die Drecksarbeit nicht von langer Dauer sein würde und dass sie hinterher Chirurgin werden oder einen Impfstoff gegen Krebs entwickeln würde. Da ist mir die verrückte alte Nikotin noch lieber. Sie wischt mir den Mund ab. Das Kompott hat auf meinem Kinn und meiner Schlafanzugvorderseite gelbe Flecken hinterlassen. Sie wischt sie, ohne mit der Wimper zu zucken, mit der Serviette ab. Ich mache eine kleine Kopfbewegung, um mich zu bedanken. Sie sieht mir direkt in die Augen. Ich habe noch nie jemanden gesehen, der so traurig aussah. Sie steht auf und legt die Hand auf die Maschine, die bzzzzzz macht. »Wenn ich die ausschalte, krepierst du in zwei Minuten. Ich würde vielleicht Ärger bekommen, aber kein Mensch würde es mir übel nehmen. Du kannst dir nicht vorstellen, wie viel Lust ich manchmal dazu habe ...«

Ich mache noch einmal eine Kopfbewegung, um sie zu fragen, wovon sie spricht. Sie begnügt sich damit, ihren großen Kuhkopf zu schütteln und das Zimmer zu verlassen. Langsam bohrt mir die Einsamkeit ein Loch in den Magen, und ich bleibe wie ein Idiot mit meinen Erinnerungen allein.

25

Mein geliebter Moktar,

danke für deine rasche Antwort, ich war überrascht, dass die Armeepost ihre Arbeit so gut macht. Nach allem, was man über die fehlende Organisation hört … Na ja. Über deinen Brief habe ich mich wirklich sehr gefreut. Auch ich denke jeden Tag an dich und bete dafür, dass du dich nicht mit aufgeschlitzten Gedärmen wiederfindest, wie du es im Traum gesehen hast. Jedenfalls werde ich dich, um auf deine Frage zu antworten, auch mit aufgeschlitzten Gedärmen noch lieben, auch in einem Rollstuhl, auch mit einem um die Hälfte reduzierten Gehirn werde ich dich noch lieben. Mach dir darüber keine Sorgen, versuche nur, lebend wiederzukehren.

Deine Schwester ist schwierig. An manchen Abenden kommt sie überhaupt nicht mehr nach Hause, an manchen Abenden stockbesoffen und slowenische Lieder singend, an manchen Abenden bleibt sie heulend in ihrem Zimmer und hört Platten mit klassischer Musik, die »Erbse« ihr geschenkt hat. Wie kann sie um ihren abscheulichen Ehemann trauern, das werde ich nie verstehen. Wie kann sie uns gegenüber nur so undankbar sein, auch das verstehe ich nicht. Wenn du zurückkommst, musst du unbedingt mit ihr reden. Dao Min erkundigt sich häufig nach euch, und er war froh zu erfahren, dass bisher alles wie am Schnürchen läuft. Er kommt jeden Abend vorbei und bringt mir fertige Gerichte. Mir kommt das sehr entgegen, und er hat Gelegenheit zum Reden. Er fühlt sich sehr

allein, behauptet, die Albträume vom Gefecht der Tausend Mais-
körner würden ihn wie Hornissenschwärme wieder Nacht für
Nacht heimsuchen, er meint, wenn es bei euch schief liefe, solltet
ihr zusammengekauert verharren, bis es vorbei sei, genauso habe
er als Einziger von zehntausend Soldaten überlebt.

Im Fernsehen reden sie jedenfalls oft über Naxos und euch. Sie
haben noch einmal den Film von seiner letzten Operation gezeigt.
Es war wirklich unglaublich, er hat eine wahnsinnige Ausstrah-
lung, eine wahre Führerpersönlichkeit. Du solltest ihn mal lau-
fen sehen, sich auf die Erde werfen, in einer Minute gut hundert
Befehle brüllen. Unglaublich. Die technischen Erklärungen habe
ich nicht ganz verstanden, aber er macht einen sehr gewieften Ein-
druck, er kennt das Gelände auswendig, bevor er darauf antritt.
Während der Gefechte sind so gut wie überall Sensoren versteckt,
die ihm sagen, wo die Menschen sind und wo die Panzer. Das alles
hat er ein bisschen dem Ressort Forschung und Entwicklung zu
verdanken. Vielleicht waren die Katzen und Salvatores Tod doch
nicht ganz umsonst …

Ich schicke dir die Kekse, um die du mich gebeten hast, und ein
bisschen Bargeld. Gib nicht alles auf einmal aus.

Denk an die Frau, die dich liebt, so wie sie an dich denkt.

Wir hatten eine Woche im Holiday Inn verbracht, das uns als
Ausgangsbasis diente. Wir wussten nicht genau, worauf wir
warteten. Drei Typen vom Fernsehen blieben die ganze Zeit bei
uns. Sie waren zum Piepen, man hätte meinen können, es seien
drei Brüder, zwei Dünne und ein Dicker, die immer zusam-
menklebten und sich ständig anmachten. Sie filmten alles, unsere Kantine, uns beim Aufstehen, uns beim Schlafengehen.
Und machten Interviews, die täglich im Fernsehen ausgestrahlt
wurden, wie eine Serie. Sie behaupteten, die Leute würden uns
ins Herz schließen. Wir würden das Publikum an uns binden.

Der Preis für die Werbung schoss wie ein Pfeil in die Höhe, wenn unsere Zeit kam. Sie brachten uns ordentlich zum Lachen, die drei Fernseh-Brüder, mit ihren Theorien zum Marketing, aber uns gefiel auch die Vorstellung, berühmt zu werden. Dirk hatte wie ein Gestörter über seinen Chef hergezogen, der ihn rausgeschmissen hatte. Moktar hatte zum tausendsten Mal sein Leben erzählt. Ich hatte ein hübsches Lügengebäude aufgebaut über die Gründe für meine Anwesenheit hier.

Dirk schleppte ständig ein kleines Funkgerät mit sich herum, das auf den Armeekanal eingestellt war. Der war grottenschlecht: Werbung, Lieder von der Lemonseed und Wetterberichte. Es ging auf den Herbst zu, täglich fiel stundenlang leichter, hartnäckiger Regen auf die Köpfe der Soldaten und verwandelte alles, was nicht zubetoniert war, in Schlammhaufen. Im Radio sagten sie, das würde sich nicht ändern, der Regen würde sich für einige Zeit einnisten, und die Temperaturen sollten noch weiter runtergehen. Wir würden uns ganz schön den Arsch abfrieren. Ich weiß noch, dass ich ein komisches Gefühl von Leere hatte. Die ganze Aufregung der letzten Tage war einer riesigen grauen und nassen Ebene in meinem Kopf gewichen, ähnlich der, die uns umgab. Das war angenehm. Eine Watteschicht, die uns vor der Depression schützte.

Wir wussten nicht so genau, wann die Operationen beginnen würden. Wir hatten ein paar ruhige Tage gehabt, an denen das Training auf ein Minimum reduziert worden war und wir stundenlang um das ehemalige Hotel herumhingen und schweigend Zigaretten rauchten. Die Militärbehörden hatten einen Bus mit Nutten aller Art angekarrt, um uns bei Laune zu halten. Das war so üblich, hieß es. Aber diese drogenabhängigen, depressiven Mädchen, die sie wer weiß wo aufgelesen hatten, sagten mir nichts. Dann war ein Hubschrauber vom Fernsehen gekommen und hatte Material gebracht, Scheinwerfer, Kameras, und

Gerüchte über ein bevorstehendes Manöver hatten angefangen die Runde zu machen.

Naxos, den wir seit unserer Ankunft im Holiday Inn nicht mehr gesehen hatten, zeigte sich wieder häufiger. Er ging mit uns in die Kantine, verteilte freundschaftliche Klapse auf viele Schultern und unterhielt sich mit allen in einem sanften väterlichen Ton, der verriet, dass er uns enger zusammenschweißen wollte.

Als er zu mir kam, hörte ich gerade ein Interview mit der Lemonseed im Radio, in dem sie erzählte, was alle Welt schon wusste, das mit ihrer Kindheit und dass sie die Musik im Führerhaus eines Sattelschleppers entdeckt hatte. Ich saß auf einem der dreckigen Sessel in der Hotellobby. Auf dem großen Fenster stand in grünen, zur Hälfte verwischten Buchstaben eine Liste der Annehmlichkeiten, über die dieser Ort vor zig Jahren verfügt hatte: Schwimmbad, Room-Service, Satellitenfernsehen. Durch ein offenes Fenster drang der Dieselgestank der abgestellten Lastwagen. Naxos setzte sich neben mich und fragte, wie es mir ginge, ob ich in Form sei. Ich nickte. Ich fühlte mich in seiner Anwesenheit nicht wohl. Das Mädchen im Radio sang die zum Weinen traurige Geschichte einer jungen Witwe.

Naxos beobachtete aufmerksam, wie sich der Himmel mit anthrazitfarbenen Wolken füllte, als würde er etwas Wichtiges dort entdecken.

»Du wirst schon sehen«, sagte er. »Alles wird sich für dich verändern. Die Welt wird sich verändern, das ganze Universum wird sich verändern. Du wirst Dinge sehen, du wirst Dinge machen, die dich verwandeln werden. Es ist eine herrliche Verwandlung, weißt du, nicht viele Leute haben die Gelegenheit, sich so zu verändern. Und danach wirst du merken, dass alles möglich ist, alles, was du willst, wird vor dir liegen, in Reichweite.«

Ich machte mit Sicherheit nicht den Eindruck, als würde ich viel verstehen, denn er lächelte mir zu.

»Eines Tages erzähle ich dir, wie es bei mir gewesen ist. Zeig mir noch mal deine Hände.«

Ich habe sie ihm gezeigt. Er hatte noch einmal gelächelt, etwas auf Griechisch gesagt und war gegangen. Am Himmel hatten die Wolken jetzt den ganzen Platz eingenommen und drängten sich eng aneinander wie eine Elefantenherde in einem Schlammloch. Ich hatte mich an das von einem Journalisten in Umlauf gebrachte Gerücht erinnert, das zwischen Naxos und dem Schlächter der Olivenbäume eine Verbindung herstellte. Ich hatte nachgedacht, dann hatte ich festgestellt, dass es mir scheißegal war. Ich war aufgestanden, um das Fenster zu schließen, der Wetterbericht hatte Recht, die Temperatur sank.

26

Ich erinnere mich bestens an den Abend, an dem uns Irving Naxos verkündete, dass es jetzt richtig losgehen würde. Zum ersten Mal mussten wir unsere gefütterten Parkas anziehen. Vor unseren Gesichtern bildeten sich weiße Kondensationswolken. Zu den drei Brüdern hatten sich rund zwanzig weitere Typen vom Fernsehen gesellt, ausgestattet mit vier klassischen Schulterkameras, Spezialmikrofonen und mit Schienen für eventuelle Kamerafahrten. Es waren auch noch zwei Männer mit Steadicams darunter, die die Auflage hatten, uns während des Manövers überallhin zu folgen, und zwei Männer mit Infrarotkameras, für den Fall, dass das Wetter zu schlecht sein sollte. Vor dem großen Schuppen standen ein riesiger Lastwagen, der von einer Parabolantenne überragt wurde, zwei Geländewagen für die Begleitteams und ein Hubschrauber, auf dem frisch das Logo des Senders aufgetragen worden war. Sie waren vom Material her fast besser ausgestattet als wir.

Man hatte uns im Konferenzraum des Hotels versammelt. Naxos und der ehemalige Flieger unterhielten sich hinter einem großen Tisch und beobachteten unser Eintreffen. Moktar, Dirk und ich hatten uns einen Weg durch die Division des »Herbstregens« und die Fernsehtechniker gebahnt, die gerade ihre Geräte aufbauten.

Moktar schien das ganze Treiben sehr zu erregen.

»Es wird konkreter«, hatte er gesagt.

Dirk hatte zugestimmt.

»Endlich werden wir zu etwas Nutze sein.«

»Was meint ihr, was das alles kostet«, hatte ich gemeint.

»Und was das alles einbringt«, hatte ein ziemlich kräftiger Typ geantwortet und sich umgedreht.

Er hatte Recht, wenn man den Gerüchten, die über die Zuschauerrekorde der letzten Tage kursierten, Glauben schenken wollte, waren wir trotz der Kosten für unser Material eine fantastische Einnahmequelle. Man merkte der herrschenden Stimmung an, dass alle stolz waren, dass die Zeiten, in denen einige von uns nichts als gescheiterte Existenzen waren, definitiv hinter uns lagen. Wie beschissen und sinnlos unser Leben bisher auch gewesen sein mochte, hatten wir jetzt einen Status und eine Funktion, in der sich Prestige und finanzielle Interessen vereinten. Langsam, das spürten wir deutlich, näherten wir uns dem, was das Zentrum der Welt zu sein schien, und dieses Gefühl war herrlich.

Ein Techniker hob den Daumen in Richtung des ehemaligen Fliegers, der Fernsehmoderator geworden war, um ihm zu signalisieren, dass alles so weit war. Ein nachtblaues Laken war über die Wand im Hintergrund gespannt worden, eine Erkennungsmelodie setzte ein. Wir hatten in der ersten Reihe drei Plastikstühle gefunden. Die zuletzt Gekommenen begnügten sich damit, hinten im Saal zu stehen. Eine Maskenbildnerin frischte noch schnell das Make-up auf, ein Scheinwerfer erleuchtete Naxos und den Flieger, die die natürliche Lässigkeit von Typen zur Schau trugen, die an solche Zeremonien gewöhnt waren.

Der Techniker machte den beiden Männern ein Zeichen, und die Kameras fingen an zu laufen. »Seit Wochen verfolgen Sie das Leben dieser Männer, haben sie kennen gelernt, sie aufgenommen, Sie kennen ihre Gesichter und ihre Namen, sie gehören heute fast schon zu Ihrer Familie«, las der ehemalige Flieger von der Texttafel neben der Kamera ab. »Dieser Abend ist für

102

die Männer ein ganz besonderer Abend, denn morgen kommt die Feuertaufe, morgen werden sie für ihre erste Operation auf feindlichem Gebiet die Demarkationslinie überschreiten. Und da es sich um den ›Herbstregen‹ handelt, wird diese Operation die härteste und gefährlichste sein, die unsere Männer seit Monaten durchzustehen hatten. Nichts wird ihnen erspart bleiben. Die hinterhältigsten Schützen, die tödlichsten Minen, die verrücktesten Selbstmordkommandos, alles wird vertreten sein. Und auch Sie werden dabei sein. Um den Männern in ihr Abenteuer zu folgen. Ich gebe jetzt das Wort an Ihren Kommandeur Irving Naxos, der Ihnen live in dieser Sendung die technischen Details erklären wird.«

Er setzte sich wieder hin. Auf einem Kontrollbildschirm lief jetzt Werbung. Niemand sagte ein Wort. Alle verdauten die Nachricht: Morgen würde es also richtig losgehen. Wider Willen setzte sich meine Fantasie in vollem Tempo in Bewegung, ich hörte schon die Kugeln über meinen Kopf zischen, ich spürte Granatsplitter in meinen Beinen. Diese Bilder übten eine seltsame Wirkung auf mich aus. Sie verursachte mir nicht wirklich Angst, nicht wirklich Aufregung. Eher das Gefühl, mir nicht mehr ganz zu gehören. Das Gefühl, völlig außerhalb von mir zu stehen. Ich sah mich neben Moktar sitzen, der einen Apfel aß, und neben Dirk, der gähnte. Inmitten einer Truppe von Pseudosoldaten. Und mich so zu sehen, möglicherweise am letzten Abend meines Lebens, stimmte mich traurig. Eine kleine stachelige Angst, die sich in meiner Kehle zu einer Kugel zusammenrollte. Die Werbung war zu Ende, und Naxos übernahm das Mikrofon. Im Detail erklärte er uns, wie unser erster Kriegstag ablaufen sollte.

27

Ich mache jetzt häufig meine neue Kopfbewegung, nach hinten und leicht nach rechts, und betrachte durch eine halb offene Tür den Flur dieses verfluchten Krankenhauses. Ich sehe den weißen Blitz eines Arztkittels vorbeihuschen, die Schürze einer Putzfrau, die schwer schnaufend eine industrielle Bohnermaschine vor sich herschiebt. Gelegentlich sehe ich auch, aber viel seltener, das Profil eines einfachen Besuchers, der sich hierher verirrt hat. Seit gestern gibt es vor meinem Zimmer etwas Neues: zwei Wächter. Sie lösen sich auf einem kleinen Metallstuhl ab, und ich kann von ihnen nur den Saum einer pflaumenfarbenen Uniform und die Schuhspitzen sehen. Turnschuhe beim einen, abgewetzte Lederschuhe beim anderen. Zwei Wächter für einen Gelähmten. Mein Gehirn, wenngleich angeschlagen, sagt sich, dass es vermutlich eher darum geht, mich zu beschützen, als mich am Abhauen zu hindern. Sie sind auf Befehl des Chefarztes gekommen, nachdem er einen gewaltigen Tobsuchtsanfall erlitten hatte. Ich hatte ihn Nikotin mit der Stimme einer Bulldogge herbeirufen hören. Dann hatte er gesagt:

»Was ist das für ein Affenhaus, hier? Haben Sie das gesehen? Drei Zeitungen berichten davon, mit Fotos, die hier gemacht wurden! In seinem Zimmer! In meiner Abteilung! Wie sehen wir denn aus, verdammt noch mal? Wie ein Krankenhaus, in dem man ein und aus gehen kann, wie man will. Ein Kerl vom Ministerium hat mich angerufen, am Rande eines Nervenzusammenbruchs! Er sagte, wenn die kleinste Demonstration, die kleinste Störung in der öffentlichen Ordnung zu erkennen sei, würde er mich dafür verantwortlich machen! Und wissen Sie, was das heißt, verantwortlich machen? Das heißt, mit Tritten in den Hintern gefeuert zu werden!« Dann rief der Chefarzt im gleichen Tonfall die kleine Medizinstudentin. Sie kam im gestreckten Galopp angewetzt.

»Wer ist Ihrer Meinung nach verantwortlich? Nicht viele haben Zugang zu diesen Zimmern, ich schwöre Ihnen, wenn ich den Übeltäter finde, setze ich ihn vor die Tür!«

»Ich weiß nicht, Herr Doktor, ich weiß es wirklich nicht«, wiederholte die kleine Studentin.

Ich auf meinem Bett dachte: »Verdammte Lügnerin, du hast ihn hier hereingelassen, diesen Fotografen …« Wenn ich in der Lage gewesen wäre zu reden, hätte ich sie gerne denunziert. Ich hätte gerne ihre Perspektiven von einer glänzenden Karriere auf ein Häufchen Asche reduziert.

Ich verstehe nicht, was aus mir geworden ist. Zum tausendsten Mal blicken meine Augen zur Decke. Da ich ständig auf schlechten Laken liege, spüre ich die Verbrennungen auf Höhe der Schulterblätter, der Nieren und der Ellbogen. Schmerz ist ja immerhin etwas, sagte ich mir, vielleicht ein bisschen der Anfang eines Lebens?

Ein kümmerlicher Spatz ließ sich auf dem Fensterbrett nieder. Sein Kopf wird von zahlreichen Bewegungen geschüttelt, nach links, nach rechts, nach oben, nach unten, nach links … Seine Krallen ähneln den Händen einer alten Frau, und seine schwarzen Augen, so winzig wie Stecknadelköpfe, sehen aus wie die Augen von Irving Naxos am berühmten Morgen unserer ersten Operation, als er auf dem eiskalten Parkplatz vor dem Hotel die Vorbereitungen seines »Herbstregens« überwachte.

105

28

Es war kalt wie im Kühlschrank. Wir waren zähneklappernd aufgewacht. Naxos hatte uns befohlen, duschen zu gehen und uns ordentlich zu kämmen, weil heute drei Viertel der Bevölkerung vor der Glotze hängen würde, um uns zu beobachten. Es kam nicht in Frage, dass wir ungepflegt aussahen. Wir hatten uns also alle rasiert und gekämmt. Moktar hatte sogar Gel benutzt, worauf er wie ein bescheuerter Gondoliere aussah, aber wir hatten nichts gesagt. Wir hatten unsere Ausgehuniformen angezogen, dann waren wir ins Foyer gegangen, wo zwei Praktikantinnen vom Fernsehen spezielle Einsatzjacken an uns verteilten. Hinten auf Dirks Jacke stand in großen blauen Buchstaben: »Spinning Inside«. Auf Moktars Jacke wurde für eine Nuss-Nougat-Creme geworben und auf meiner war ein Raubtier abgebildet, das eine Dose Bier trank. Wir waren gerüstet.

Auf dem Parkplatz waren die verschiedenen Technikerteams schon bei der Arbeit. Die drei Brüder, die total fertig aussahen, weil sie sich seit dem Morgengrauen in den Haaren lagen, filmten unser Kommen. Sobald sie die Kamera sahen, streckten die Typen die Brust raus und setzten eine böse und gleichzeitig blasierte Miene auf. Manchmal winkte irgendein Idiot mit der Hand, worauf die drei Brüder moserten, die wollten, dass wir uns verhielten, als wenn nichts wäre.

Drei Planwagen warteten auf uns, von zwei kleinen Panzern eingerahmt, die in der Nacht gekommen sein mussten. Die

Sonne ging auf, leuchtete kaum stärker als eine Zwanzig-Watt-Birne, der Himmel war milchig weiß wie Eis. Moktar, Dirk und wir anderen kletterten auf die Lastwagen, den Reißverschluss unserer Jacken bis zum Hals hochgezogen, die Hände in den Taschen. »Was mir nicht gefällt an der Kälte, ist, dass alles noch mehr wehtut«, hatte Dirk gesagt. »Die kleinste Schramme, die kleinste Beule tut saumäßig weh.«

Moktar hatte ihm befohlen, den Mund zu halten. Er habe Kopfschmerzen, es sei fast noch Nacht, kaum eine halbe Stunde her, dass er von den Brüsten seiner Frau geträumt habe, und er habe überhaupt keinen Bock darauf, dass ihm irgendein Blödmann was von Kälte erzähle, von Beulen und Schrammen. Moktar war nervös, Moktars Stimmung war auf unter Null gerutscht, die Abwesenheit von Frau Scapone zehrte an ihm, setzte ihm zu wie eine Nacht auf einem Nagelbrett. Ich fand seinen Zustand beunruhigend. Ich brauchte ihn noch für das, was kommen sollte, wenn er jetzt aufgab, wäre der Plan, Caroline aus dem Weg zu räumen, definitiv undurchführbar, und ich würde von der Truppe der Psychopathen des Jim-Jim Slater – auf seinen Befehl hin – garantiert bald roh durch den Fleischwolf gedreht.

Die drei Lastwagen und die beiden Panzer setzten sich schließlich in Bewegung. Die zwei Geländewagen des Senders folgten, und über uns war das dumpfe Brummen eines Hubschraubers zu hören, in dem sich der ehemalige Flieger befand. Zur selben Zeit schalteten in der Stadt, Hunderte von Kilometern entfernt, Leute mit vor Müdigkeit verquollenen Augen ihren Fernseher an, um uns live zu verfolgen.

Die schlechte Straße ging in eine andere über, die in noch jämmerlicherem Zustand war. Von dem uralten, durch Witterungseinflüsse aufgerissenen Straßenbelag waren nur noch Schlamm, Löcher und Kies übrig, der die Karosserie wie afrikanische Trommeln bearbeitete. Naxos hatte Thermoskannen mit Kaffee, Brot und Amphetamine herumgeschickt, um uns zu wecken. Nach der halb lethargischen Stimmung am Morgen fühlten wir uns auf einmal in Topform. Die kalte Luft, die unsere Lungen füllte, wirkte auf uns wie Treibstoff auf Flugzeugmotoren. Die triste Landschaft aus Rübenäckern und zerstörten Dörfern erschien uns plötzlich wie jede Menge gewaltiger Alexandrinerverse und der schmutzige Himmel wie das Versprechen eines schönen Tages.

Der Lastwagen verließ die mit Schlaglöchern gespickte Autobahn und hielt auf die Überreste eines Stadtaußenbezirks zu. Hohe leer stehende Wohnblöcke mit von Kugeln und Granaten durchlöcherten Fassaden, verrostete Autowracks, einäugige Verkehrsampeln, verbogene und rußgeschwärzte Bushaltestellenschilder. Ausgemergelte Katzen huschten blitzschnell davon. Es roch verdammt nach Tod.

»Der Krieg ist etwas mehr und etwas weniger«, wiederholte Moktar Naxos' Worte.

»So habe ich mir das vorgestellt«, meinte Dirk. »Ein Haufen echter Scheiße.«

»Das ist doch noch gar nichts, das hier ist nur die Deko. Wenn wir erst mal im Film sind. Das ist die wahre Scheiße.«

Man befahl uns auszusteigen. Naxos sagte, den Rest müssten wir zu Fuß gehen. Am Abend zuvor hatte er uns erklärt, dass sich ein oder zwei Kilometer von uns entfernt, mitten in den Überresten dieser kaputten Stadt, ein Schlupfwinkel befände, randvoll mit erbärmlichen rattengesichtigen Schlappschwänzen, die die reguläre Armee seit Wochen zu verjagen versuchte. Sie hätten Gewehre mit Zielfernrohr, ein paar Granaten und, abgesehen von einer gelegentlichen Katze, seit Wochen nichts mehr zu fressen. Dass sie ausgehungert wären, würde sie daran hindern, sicher zu zielen, sie sähen nicht mehr gut und ihre

Arme würden zittern. Wir gingen im Grunde kein großes Risiko ein, vorausgesetzt, wir wären vorsichtig. Naxos hatte uns auch vor den improvisierten Fallen gewarnt, die überall herumlagen, man müsse wie auf Eiern gehen.

Der Hubschrauber übertrug zwei Arten von Bildern: Die Bilder, die die Fernsehzuschauer zu Hause empfangen sollten, und die Bilder, die direkt in den Panzer gesendet wurden, in dem sich Naxos und zwei Techniker befanden, dank deren sie einen guten Überblick auf das Einsatzgebiet hätten. Er hatte uns befohlen, uns in kleine Einheiten zu dritt aufzuteilen, jeweils ein paar Meter Platz zwischen uns zu lassen und so bis zu dem Schlupfwinkel der Katzenfresser vorzustoßen. Die Anweisungen würden uns direkt über Ohrenstöpsel erreichen. Die drei Brüder, die Typen mit der klassischen Schulterkamera, die beiden Steadicams, die Teams mit den Infrarotkameras und die beiden kleinen Fahrzeuge konnten sich ihrerseits auf dem gesamten Einsatzgelände frei bewegen.

»Diese Dummköpfe sind keine Soldaten und können machen, was sie wollen. Denen ist es scheißegal, ob sie uns im Weg rumlaufen oder den Einsatz vermasseln, Hauptsache, die haben ihre Bilder«, hatte Moktar gesagt und sich eine Zigarette angezündet. Dirk hatte versucht zu antworten.

»Na ja, die zahlen schließlich einen riesigen Batzen von dem Ganzen. Die fühlen sich hier ein bisschen wie zu Hause.«

»Wir werden ja sehen, ob du sie immer noch so nett findest, wenn sie dich in Großaufnahme filmen, wie du in einem Haufen Scheiße krepierst.«

Dirk hatte diese Eventualität mit einem Blick zum Himmel beiseite gefegt, aber er hatte nichts mehr gesagt.

Die Teams bildeten sich rasch nach gegenseitigen Sympathien. Moktar und ich blieben natürlich zusammen, und ein wenig gezwungenermaßen, ein wenig gereizt, hatten wir Dirk als Dritten im Bunde akzeptiert. Im schneidenden Wind dieses frühen Morgens hatten wir uns schließlich in Bewegung gesetzt. Kein Mensch sagte mehr ein Wort. Moktar hatte etwas Angespanntes an sich, das ich an ihm nicht kannte. Dirk trug die Nase weniger hoch und hatte den Kopf eingezogen. Vor uns erhob sich ein Betonwald aus Wohnblöcken. Links und rechts von uns spürten wir die Präsenz der anderen Drei-Mann-Einheiten, und über unseren Köpfen war das beruhigende Geräusch des Hubschraubers zu hören. Einer der Geländewagen des Fernsehsenders fuhr langsam an uns vorbei. Sie versuchten, durch das Fenster der Kiste Fahraufnahmen zu machen. Mechanisch richtete Dirk sich auf. Als sie genug hatten, verzogen sie sich zu einer anderen Gruppe, die in hundert Metern Entfernung über einen Haufen Bauschutt kletterte.

Je mehr ich vorrückte, desto mehr verspannten sich meine Muskeln. Ich sagte mir, dass uns aus einem dieser rußgeschwärzten Fenster bestimmt jemand beobachtete, den Finger am Abzug, mein Herz im Visier. Oder aber, dass in Schrittweite von mir eine Mine versteckt war. Unter dem Einfluss der Amphetamine war mein Mund trocken, meine Zunge wie Sandpapier.

Moktar legte mir eine Hand auf die Schulter: »Entspann dich. Du bist viel zu angespannt. Heute ist ein Tag wie jeder andere. Sieh dir die Wolken an, die Insekten, den Wind. Denen ist alles egal. Die Welt ist immer noch dieselbe, ob Krieg ist oder nicht. Du bist wie die, du bist wie jeden Tag. Heute werden vielleicht ein paar Männer sterben, aber nichts wird stehen bleiben. Auch wenn du stirbst, wird nichts stehen bleiben. Das ist nicht wichtig.«

»Scheiße, Mann! Du ziehst mich runter«, hatte Dirk gesagt und sich die Ohren zugehalten.

Aber merkwürdigerweise hatten mich Moktars Worte beruhigt. Was er sagte, war richtig. Das Ganze war überhaupt nicht von Bedeutung.

In dem Moment hörten wir einen Schuss. Bumm! Als würde jemand mit dem Finger schnippen. Instinktiv hatten wir uns alle drei geduckt. Ich sah, wie die kleinen Geländewagen auf die Stelle zurüttelten, von wo der Schuss rund zwanzig Meter von uns entfernt ausgegangen war, und wo eine Division von drei Mann der Operation »Herbstregen« aufgeregt um eine dunkle Masse auf dem Boden herumlief.

Dirk war ganz blass, er wiederholte ständig: »Was machen wir nur, verflucht? Was machen wir nur?« Wie als Antwort auf ihn hörten wir Naxos' Stimme in unseren Helmen, die uns befahl, uns nicht zu bewegen.

»Sich bei der Kälte nicht bewegen, da kannst du gleich krank werden«, sagte Moktar und blies sich in die Hände.

Der Hubschrauber zog eine lange Ellipse und kam schließlich senkrecht über der dunklen Masse zur Ruhe. Die Kamera zoomte.

»Es ist eine Ziege«, war Naxos' Stimme zu hören. »Die drei Idioten haben eine Ziege erschossen. Das braucht uns nicht zu kümmern, wir machen weiter und beruhigen uns ein bisschen.«

Der Hubschrauber gewann wieder an Höhe, die Typen vom Fernsehen stiegen in ihre Geländewagen, und wir setzten uns in Bewegung. Wir liefen eine gute halbe Stunde, bevor wir in das eindrangen, was von dem eigentlichen Wohngebiet noch übrig geblieben war. Die Fahrzeuge hatten unter dem Schutz der Ruinen eines Lebensmittelgeschäfts geparkt und wir warteten, bis die Kameramänner mit ihrem ganzen Kram ausgestiegen waren. Einer der drei Brüder hatte sich zu uns gesellt.

»Ich werde euch beim Filzen der Wohngebäude begleiten«, hatte er gesagt, während er ein Infrarotsystem in seine Kamera einbaute.

»Wo fangen wir an?«, hatte Dirk gefragt.

»Wir fangen vorne an«, hatte Moktar gemeint und sich auf den Eingang eines Wohnblocks von rund zehn Etagen zubewegt.

Der Kameramann hatte uns gebeten zu warten, bis er den Ton im Mikro richtig eingestellt hatte, und wir gingen, Moktar voran, hinein.

Drinnen roch es nach Pisse und Schimmel. Diese Gerüche waren das Erste, was uns auffiel. Das Zweite war, dass es schwarz wurde wie im Ofen, sobald die Tür hinter uns zufiel. Wir machten unsere Taschenlampen an. In ihrem schwachen Licht konnten wir sehen, dass vor noch nicht allzu langer Zeit eine ganze Menge Leute hier vorbeigekommen sein mussten: Der Eingang war mit Konservendosen, Papier, schmutzigen Babywindeln, Zigarettenstummeln und einer Unmenge völlig undefinierbarer Dinge übersät, die wir mit unseren Füßen zertraten. Moktar bückte sich, um etwas aufzuheben.

»Sieh dir das an«, sagte er und zeigte mir die Überreste eines Apfels.

»Na und?«, sagte ich.

»Der ist nicht verfault. Nicht einmal groß oxidiert. Der liegt erst seit wenigen Stunden hier.«

Dirk sah angewidert aus.

»Hier wohnen Leute, das ist ja wirklich ekelhaft.«

»Die wohnen nicht hier. Das hier ist ihr Müll. Die schmeißen alles von oben ins Treppenhaus und es landet dann hier unten. Meiner Meinung nach dürfte da oben einiges los sein.«

Der Kameramann filmte die ersten Stufen, die sich in der Dunkelheit verloren. An den Wänden war im gelben Licht der Lampen zu lesen: »Armee = Scheiß-Hurensöhne«, »Ich fick den Fernseher«, »Wir werden euch das Maul ficken, Schwulenbande«. Ich dachte über diese Sätze nach und folgte Moktar, der auf dem Weg in die erste Etage war.

Wir kamen in einen Flur, der von einem kleinen, auf den Hinterhof gehenden Fenster rund zehn Meter vor uns schwach erleuchtet wurde. Das hier war wirklich das Standardmodell sozialer Wohnungsbau, drei Sperrholztüren auf jeder Seite, die zu sechs winzigen, düsteren, aber ausreichend billigen Wohnungen führten, um seinerzeit ein arbeitsloses Ehepaar und seine ganze Brut aufzunehmen. Von dem Radau, der vor dem Krieg an diesem Ort geherrscht haben musste, war nur noch schwere Grabesstille geblieben, und als wäre das alles nicht schon traurig genug, löste sich in großen Fetzen der Gips von den mit Feuchtigkeit durchtränkten Wänden. Sah aus wie die Haut eines Alten, der an einer enormen Schuppenflechte litt.

Der Kameramann folgte uns und filmte die Werbung auf der Rückseite unserer Jacken. Sicherlich war er der Ansicht, dass er die Bilder bei der Montage gut würde unterbringen können. Moktar wandte sich zu uns um. Der Kameramann stellte sein Gesicht scharf.

»Wir müssen die Sache systematisch angehen. Wohnung für Wohnung. Ich drücke die Tür ein, ihr gebt mir Deckung, ich geh rein.«

»Jawohl! Wie im Film«, hatte sich Dirk gefreut.

Auch der Kameramann sah zufrieden aus.

»Das ist gut, Türen, die plötzlich aufgerissen werden, das lieben die Leute!«

Wir brachten uns in Position, Dirk links, ich rechts, Moktar vor der Tür und der Kameramann etwas weiter hinten. Der Slowene hatte bis drei gezählt, er hatte ausgeholt und mit einem gewaltigen Tritt die Tür eingetreten. Rums! Etwas verwirrt gingen wir drei hinein, Moktar machte mit seinem Revolver Bewegungen in alle Richtungen. Dirk und ich versuchten durch die Gipswolke hindurch, die zusammen mit der Tür explodiert war, etwas zu sehen. Am Ende standen wir mitten in der Wohnung, wo außer einem völlig ramponierten Sofa und ein paar leeren Schränken nicht viel übrig geblieben war. Während wir sie der Form halber inspizierten, filmte der Kameramann aus dem Fenster den Blick auf eine verlassene Straße.

»Hier ist nix. Probieren wir die anderen«, sagte Moktar schließlich.

Die zweite Wohnung war in jeder Beziehung identisch mit der ersten, leer, tot, schäbig, mit Kerben an einem Türstock und den Namen von Kindern: »François«, »David«, »Émilie«, »Élodie«. Eine kinderreiche Familie. Wir gingen wieder hinaus, um die dritte Wohnung zu durchsuchen, auch sie leer, die Wände mit Fotos von Hunden geschmückt, die uns mit heraushängender Zunge ansahen.

»Ist euch was aufgefallen?«, fragte der Kameramann.

»Was aufgefallen?«, sagte Dirk.

»Die Wohnung hat exakt die gleiche Größe wie die erste.«

»Die Wohnungen sind alle gleich«, sagte Moktar, dem nicht gefiel, dass ein Zivilist ihm sagte, was ihm aufzufallen habe und was nicht.

»Eben. Die Wohnung, in der wir gerade waren, war anders. Ein bisschen kleiner, bestimmt einen Meter kürzer.«

Moktar sagte nichts, ging aber wieder hinaus und kehrte in die zweite Wohnung zurück, die mit den Namen der Bälger am Türstock. Bei genauem Hinsehen konnte man deutlich erkennen, dass ihr tatsächlich ein guter Meter fehlte.

»Das macht der Job. Wenn man filmt, hat man seine Augen überall«, sagte der Kameramann.

»Ich sehe nicht, was das ändert«, meinte Dirk. »Wir sind nicht da, um die Arbeit der Architekten zu kontrollieren.«

»Hast du in deiner Kamera Infrarot eingebaut?«, fragte Moktar den Kameramann.

»Ja. Wenn man hier drückt …« Moktar schnappte sich das

Gerät und betrachtete das kleine Display, während er das ganze Zimmer absuchte.

»Die Wand da. Die ist wärmer«, sagte er und blieb stehen.

Er zog ein Jagdmesser heraus, das nicht zu unserer Ausrüstung gehörte, stach damit mehrmals in den Gips und schrie: »DAS WAR'S, IHR ARSCHLÖCHER, RAUS MIT EUCH.« Der Gips fiel in großen Brocken herab und gab eine Holzstruktur frei. Moktar stürzte sich mit bloßen Händen darauf, riss ganze Stücke heraus und legte frei, was sich dahinter verbarg, einen blassen, bärtigen Mann, eine Frau mit verängstigtem Blick und François, David, Émilie und Élodie, die nicht mehr viel gewachsen waren, wenn man sie mit den Kerben am Türstock verglich.

29

Am späten Nachmittag haben mich zwei Männer in billigen Anzügen besucht, begleitet vom Chefarzt, der das Gesicht eines Menschen hatte, auf den gerade ein heftiger Platzregen an Sorgen niederging. Einer der beiden filmte mich mit einer winzigen Videokamera, die ein Vermögen gekostet haben muss.

»Kann er uns verstehen?«, fragte der zweite Typ mit undefinierbarem Akzent den Arzt.

»Er hört und versteht alles. Er kann nur nicht sprechen, aber ich denke, dass sich das Problem in den nächsten Tagen beheben lässt. Es ist nicht physiologischen Ursprungs. Es kommt eher von der Psyche. Wir gehen davon aus, dass er noch unter Schock steht. Es ist ein bisschen kompliziert. Das Gehirn ist ein wahrhaft rätselhaftes Organ, wissen Sie?«

»Und seine Lähmung?«, hatte der andere gefragt.

»Macht rasche Fortschritte. Sehr ermutigend. Die Dinge arrangieren sich von selbst. Wir beschränken uns lediglich darauf, ihm dabei ein klein wenig die Hand zu reichen. Aber das alles finden Sie etwas ausführlicher in der Krankenakte, die ich dem Ministerium vor zwei Wochen geschickt habe.«

»Das Ministerium will sich aber eine genauere Vorstellung machen, als eine Krankenakte dies erlaubt«, sagte der Mann mit der Kamera, der mich weiterhin filmte.

»Was ich gerne hätte, sind klare Anweisungen. Seit dem Vorfall neulich habe ich den Eindruck, dass alles noch komplizierter geworden ist. Wir fühlen uns … in Gefahr. Wir haben

Drohbriefe erhalten. Meine Krankenschwester fürchtet jeden Abend, dass sie beim Verlassen des Krankenhauses oder auf dem Heimweg überfallen wird. Ich wüsste auch nicht, was einen Verrückten von irgendeiner Gruppierung davon abhalten sollte, sich mit einem Rasiermesser auf mich zu stürzen und mich ausbluten zu lassen. Mit Ausnahme der beiden Wächter haben wir den Eindruck, dass es allen egal ist, was uns zustoßen könnte.« Die Stimme des Arztes hatte am Ende angefangen zu zittern. Eine kleine Ader an seiner Schläfe pochte ganz schnell.

»Ich möchte Sie daran erinnern, dass das alles nicht passiert wäre, wenn nicht dank Ihrer Nachlässigkeit ein Fotograf hier eingedrungen wäre. Kein Mensch hätte etwas erfahren, die Gruppierungen hätten die Gelegenheit nicht nutzen können, ihre feindliche Kampagne zu starten, und der Minister hätte in aller Ruhe über eine Lösung nachdenken können«, sagte der Mann mit dem Akzent.

Die kleine Ader des Arztes schien kurz vorm Platzen. Sein Gesicht verzerrte sich vor Wut, aber er sagte nichts. Er hatte es mit einem deutlich Stärkeren zu tun. Der Mann sprach weiter.

»Die Funktion einer Regierung ist ebenso heikel wie die eines Gehirns, Doktor, gewisse Situationen müssen mit der Vorsicht eines Chirurgen behandelt werden, verstehen Sie?«

»Ich verstehe«, hatte der Arzt schließlich geantwortet.

Der Mann mit der Kamera hatte aufgehört zu filmen und das Zimmer in Begleitung des Mannes mit dem Akzent verlassen, worauf ich allein mit dem Arzt zurückblieb. Er sah mich lange an, ohne dass ich seinen Gesichtsausdruck zu deuten vermochte. Eine seltsam feuchte Mischung aus Traurigkeit, Wut, Mitleid, Ekel und Hass. Nichts, was meine Stimmung zu heben vermochte. Mehr denn je hätte ich mir gewünscht, reden zu können, Fragen zu stellen, begreifen zu dürfen, und mehr denn je litt ich an dem verfluchten Trauma, das die Worte in der

Tiefe meiner Kehle unter Verschluss hielt. Schließlich ging der Arzt aus dem Zimmer. Er wirkte verloren. Der Wächter in Turnschuhen fragte, ob alles in Ordnung sei. Der Arzt antwortete nicht. Ich verbrachte den Rest des Tages damit, zuzusehen, wie sich das Blau des Himmels langsam orange färbte, dann schwarz. Aus dieser letzten Farbe tauchten weitere Erinnerungen auf, die im Schutze der Nacht aus allen Löchern gekrochen kamen. Sie waren wie die Eulen.

30

»Scheiße, Mann, die haben sich nicht schlecht versteckt, die Dreckskerle«, hatte Dirk gemeint, als er den bärtigen Mann, die erschreckte Frau, François, David, Émilie und Élodie zu sehen bekam. Der Hohlraum, in dem sich die verdreckten Zuaven drängten, war so angelegt worden, dass sie sich ein paar Tage lang versteckt halten konnten, ohne die Nase herausstrecken zu müssen. Der bärtige Mann hatte an alles gedacht: eine Glühbirne, die an eine Neun-Volt-Batterie angeschlossen war, eine Eisenwanne für dringende Bedürfnisse und Decken, die zusammengelegt auf dem Boden lagen. Wenn sie ein wenig zusammenrückten, fanden sie bestimmt alle Platz, Rücken an Rücken oder Gesicht an Gesicht. Je nachdem ... Durch eine Klappe links in der Ecke, hinter dem Sofa, die man dank eines geschickten Systems an Seilen wieder an ihren Platz zurückbugsieren konnte, gelangte man hinein. Zu Füßen der ganzen Truppe standen ein paar Wasserkanister und ein Sack mit alten Äpfeln, die in dieser Gegend ein wahres Vermögen wert sein mussten. Gott weiß, was der Mann gemacht oder verkauft haben musste, um sie zu beschaffen.

Moktar und ich hielten sie in Schach, während der Kameramann die Szene filmte. Es vergingen ein paar seltsame Sekunden, in denen sich niemand rührte, weder sie noch wir, und in denen beide Seiten fieberhaft darüber nachdachten, was als Nächstes zu tun wäre. Der Mann mit dem Bart und den verängstigten Augen brach das Schweigen.

»Tun Sie uns nichts, bitte. Wir verstecken uns hier schon seit

119

Tagen. Wir tun nichts Böses. Wir machen niemandem Ärger. Weil sie nichts getrunken hat, hat meine Frau Nierenprobleme bekommen, sie hat das Gefühl, Glassplitter im unteren Rückenbereich zu haben. Man hat Ihnen bestimmt einiges über uns erzählt, aber wir haben damit nichts zu tun. Terrorismus finden wir feige und widerlich ...«

Während er mit seiner zittrigen Stimme sprach, war Moktar näher an ihn herangegangen, hatte sich direkt vor ihm aufgebaut und ihm einen Blick zugeworfen, dessen Temperatur sich um den absoluten Gefrierpunkt bewegte. Der verängstigte Bärtige hatte schließlich aufgehört zu reden und den Kopf gesenkt, als erwarte er, dass gleich ein großer Felsbrocken darauf fiele. Moktar hatte gesprochen:

»Lügner«, hatte er gesagt. »Dreckiger Lügner.« Er hatte den Bärtigen am Kragen gepackt, zog ihn nach unten, legte dabei dessen rechte Schulter frei und drehte sich dann zu uns um.

»Seht her!«

Wir sahen hin. Der Kameramann zoomte. Moktar zeigte uns einen Punkt auf der Schulter.

»Seht ihr?«

Wir sahen noch etwas genauer hin, aber wir konnten nicht viel erkennen, außer einem Stück weißer Haut. Élodie fing an zu flennen. François, David, Émilie und ihre Mama standen wie drei Marmorfiguren da.

»Seht ihr den blauen Fleck an seiner Schulter?«

Wenn ich ehrlich bin, habe ich nie erfahren, ob der Typ auf seiner Schulter einen blauen Fleck hatte oder nicht, aber Dirk sagte:

»Ah ja, ich sehe ihn.«

Und der Kameramann, der sich in Position gebracht hatte, um die beiden Männer im Profil zu filmen, bestätigte ebenfalls, ihn gesehen zu haben.

»Das ist genau die Stelle, an der der Gewehrkolben aufliegt. Der blaue Fleck kommt vom Rückstoß.«

»Aber ich habe kein Gewehr. Ich schwöre es«, hatte der Bärtige gesagt, die Augen weiterhin gesenkt.

»Ich doch auch nicht. Niemand hier hat ein Gewehr«, hatte Moktar geantwortet.

Wir lachten, dann trug uns der Kameramann auf, einen Moment zu warten, bis er seine Sachen aufgebaut hatte. Er holte aus seiner Tasche einen Scheinwerfer mit Stativ und einen Reflektor, um »ein besseres Licht zu haben als dieses beschissene hier«. Die gesamte Familie der Verängstigten schwieg und sah zu Boden, außer Élodie, die uns noch immer flennend anschaute. Nach einer Weile sagte der Kameramann, er sei so weit, wir könnten weitermachen.

Moktar ging auf die Familienmitglieder zu und sagte, wenn sie keine Schererei haben wollten, bräuchten sie bloß zu befolgen, was wir ihnen auftrugen.

31

Drei Tage. Ich weiß nicht, was passiert ist. Welches rätselhafte chemische Phänomen sich letztlich in meinem Gehirn gebildet und mir den Eindruck eines Gummirings vermittelt hat, der bis zum Anschlag gespannt ist und plötzlich reißt: Peng!

Ich spürte meine Beine, ich spürte meine Arme, und obwohl sich meine Muskeln fast völlig aufgelöst hatten, konnte ich sie bewegen. Ich konnte mich, wobei ich etwas zitterte, aufrichten, und ich spürte, dass mein Gebiss und meine Zunge ihre volle Beweglichkeit wiedererlangt hatten. Ich hätte anfangen können zu reden. Ich tat es übrigens auch, ganz allein in meinem Zimmer. Ich sagte mehrmals meinen Namen, ich sagte: »Caroline«, »Caroline«, »Caroline«, und dann, beim Gedanken an Nikotin, sagte ich »Schlampe«, »Schlampe«, »Schlampe«.

Es war Nacht, die Tür zu meinem Zimmer war geschlossen und ich war hundertprozentig sicher, dass der Wächter dahinter tief schlief. Mich endlich rühren zu können, nach endlosen Monaten der Unbeweglichkeit, machte mich ganz wild. Ich zog die kleine Nadel aus dem Tropf, der in meinen linken Arm führte, entfernte den kleinen Schlauch aus meiner Nase und den kleinen Katheter im Schwanz. Ich war wie ein Schiff, das die Leinen losmachte. Ich schaffte es, mich in eine sitzende Stellung zu bringen. Ich zitterte wie Espenlaub. Sogar die Halsmuskeln hatten sich aufgelöst, mein Kopf kam mir vor wie ein Eisenklotz, den man auf ein Stück Watte gestellt hatte. Ich war sicher, dass ich aufstehen konnte, ich musste es nur probieren.

Fünf Minuten lang blieb ich sitzen, nackt auf der Bettkante, die Füße auf dem lauwarmen Linoleumboden, um meine Kräfte zu sammeln, dann traute ich mich, stieß mich kräftig mit den Beinen ab. Plötzlich stand ich aufrecht. Eine Sekunde lang glaubte ich, es geschafft zu haben. Ich hatte mein Zimmer aus einer völlig neuen Perspektive gesehen, es war mir winzig vorgekommen, und dann hatten meine Beine nachgegeben und ich fand mich plötzlich auf dem Boden wieder. Ein fürchterlicher Schmerz schoss in mein rechtes Knie, eine schreckliche Übelkeit stieg mir in die Kehle. Ich machte mich daran, mich zum Bett zu schleppen. Nach einer Minute war mein ganzer Körper schweißbedeckt. Schließlich, nach einer Stunde der Anstrengung, in der ich mich mit kleinen Bewegungen des Beckens fortbewegt hatte, lag ich am Fuße des Betts. Ich war eine durchgefrorene Nacktschnecke. Meine Muskeln gehorchten überhaupt nicht mehr, sie waren aus Wasser und zitterten. Mein Bett war zehntausend Meter hoch, höher als der Everest. Ich lag auf dem Boden und konnte mich nicht mehr rühren. Hinter den Vorhängen konnte ich erste Anzeichen der Morgendämmerung erkennen. Ich hörte, wie das Leben im Krankenhaus nach der Nacht wieder in Gang kam, die großen festen Schritte der Ärzte, die eingerosteten Stimmen der Kranken. Ich fragte mich, was passieren würde, wenn mich Nikotin auf dem Boden finden würde. Einen Augenblick lang hatte ich eine kindliche Angst davor, bestraft zu werden, dann verschwand sie. Ich war zu müde, um noch irgendetwas empfinden zu können. Ein Schlaf, schwer wie eine Zementplatte, fiel auf mich herab.

32

Nachdem der Kameramann seine Anlage aufgebaut hatte, badete die düstere Wohnung in einem hellen sommerlichen Licht, das sie sicher nie gekannt hatte. Die verängstigte Familie hatte mit den Augen geblinzelt, bis Moktar ihnen entnervt befohlen hatte, mit dem Blinzeln aufzuhören und in die Kamera zu schauen. In dem grellen Licht wirkte ihr Teint so erbärmlich blass, dass der Kameramann vorschlug, wir sollten ihnen »wenigstens etwas Make-up auftragen«. Moktar lehnte das ab, behauptete, das wirke nicht echt, man würde die Armee nur beschuldigen, Nachrichtenbilder mit Schauspielern zu fälschen. Der Kameramann verlangte daraufhin, dass wenigstens wir uns schminkten, Moktar, Dirk und ich, es sei in den Augen der Auftraggeber wichtig, dass die Werbeträger nicht schlecht aussahen, es gebe für das Image und die PR nichts Schlimmeres, als dass die Werbeträger blass oder krank aussahen. Moktar sagte okay, Dirk zögerte ein wenig, sagte dann aber auch okay, und ich ebenfalls. Der Kameramann trug uns dreien eine Schicht Make-up auf, klopfte uns den Staub von den Jacken und sagte, wir seien jetzt für die Aufnahmen bereit.

Die verängstigte Familie hatte uns zugeschaut und ganz offensichtlich nichts von dem ganzen Zirkus verstanden, bis sie zur Beteiligung aufgefordert wurde. Die erste Aufnahme sollte zwei Soldaten zeigen (Moktar und mich), die den Kriegsopfern den wundervollen Schokoriegel Snikers mit seinem Karamell, seinen Erdnüssen und seinem raffinierten Zucker überreichten.

David, François, Émilie und Élodie sollten sich lachend auf uns stürzen (nicht leicht zu drehen, Unlust seitens der kleinen Schauspieler), während ihre Eltern Tränen vergossen (leicht), den Blick voller Dankbarkeit (nicht leicht). Die zweite Aufnahme würde der ersten ähneln mit dem einzigen Unterschied, dass sie die Eltern zeigen sollte, die ihren kranken Kindern Getreideflocken brachten.

Aufgrund der Unlust der Verängstigten und des pedantischen Kameramanns kostete uns das Ganze eine halbe Stunde. Dann hatten wir, dank unserer Versprechen, Drohungen und geduldigen Erklärungen, schließlich zwei Filme – nicht herausragend, aber in Ordnung –, die noch eine gute Montage, eine gute Nachsynchronisation und eine taugliche Musik brauchten, behauptete der Kameramann, aber alles in allem »im Rohzustand Potenzial« hatten.

Der Tag war schon ziemlich fortgeschritten, aus den Fenstern sahen wir, wie sich der Regen leicht zerstäubt auf die Ruinen der Außenbezirke legte. Moktar fragte per Funk an, was zu tun sei, wir wurden aufgefordert, ein wenig zu warten, andere Teams seien noch beschäftigt, aber wir könnten in einer halben Stunde losgehen. Wir aßen jeder ein halbes Amphetamin und einen Snikers. Schweigend beobachteten wir Naxos' Hubschrauber vor dem Fenster, der über uns Runden drehte. Émilie hatte wieder angefangen zu flennen: wää wää wää. Dirk sagte, Bälger, nee, das wär nix für ihn. Wenn man erst mal Kinder hätte, wär man sein ganzes Leben lang ihr Sklave, und außerdem würden sie eine ganze Stange Geld kosten. Moktar sagte, Dirk habe überhaupt keinen Sinn für Familie, bei ihm zu Hause seien Kinder wie die Könige, das Wertvollste, was es gebe.

Dann erhielten wir einen Funkruf von Naxos, der uns darüber informierte, dass wir schnellstmöglich zu den Lastwagen zurückkehren sollten, weil die Militärbehörden beschlossen hätten, Bombenflugzeuge zu schicken, um die halbe Stadt platt zu machen.

»Ich frag mich, wozu es gut sein sollte, dass wir hierher kamen, wenn man hinterher doch alles in die Luft sprengt?«, sagte ich, als wir die Treppe hinuntergingen.

»Im Krieg Befehle verstehen zu wollen, die man erhält, ist so, als würde man einen Sinn in seinem Leben suchen. Das macht einen nur unglücklich.«

Über Funk waren wir aufgefordert worden, uns zu sputen, also sputeten wir uns. Wir sahen die anderen Gruppen auf die Lastwagen zuhalten, wo das zweite Fernsehteam wartete. Die Typen sahen fit aus. Wir waren ein bisschen aufgedreht von dem Tag, den wir hinter uns hatten, von den Amphetaminen, die wir eingeworfen hatten, wir fühlten uns wie die Könige. Ein Journalist stellte Fragen, auf die wir lässig antworteten, wir würden sicher berühmt werden. Wir hatten das Gefühl, reich zu werden, und wir ahnten schon, dass es nie mehr Probleme mit Mädchen geben würde.

Die Lastwagen hatten sich wieder in Bewegung gesetzt. Nach zehn Minuten kamen aus der entgegengesetzten Richtung dicke dunkle Bomber über den bewölkten Himmel und flogen über uns hinweg, den Laderaum voller Sprengkörper, die mit leichtem Uran angereichert waren. Kaum waren wir auf die Autobahn eingebogen, drang das dumpfe Geräusch von Explosionen an unsere Ohren: Bumm, bumm, bumm. Ganz rhythmisch. Ich dachte an die Verängstigten, an David, François, Émilie und Élodie, die aufgrund eines Werbefilms sicher bald berühmt sein würden. Sie würden sich nie mehr darüber freuen können. Das war schade. Die Wirkung der Amphetamine ließ allmählich nach. Meine Stimmung gleich mit.

33

Moktar, mein Süßer, mein Geliebter,

das Leben ohne dich ist wie ein kranker Hund, den man an einem Baum am Autobahnrand angebunden hat. Ich langweile mich, du fehlst mir. Ich tue weiterhin so, als wäre ich ein ganz lebendiger Mensch, aber in meinem tiefsten Innern ist es seit deiner Abwesenheit, als wäre ich tot. Die Tage verrinnen vor meinen Augen und ich sehe sie kaum. Sie fallen lautlos herab, einer nach dem anderen, wie Schneeflocken.

Ich habe überhaupt keine Kontrolle mehr über deine Schwester und versuche auch nicht länger, sie zu haben. Ich habe eine anonyme Karte erhalten, auf der stand: »Suzy nimmt Drogen«. Ich habe sie gefragt, und sie hat mir geantwortet: »Na und? Alle nehmen Drogen, die ganze Stadt steht unter Drogen, du dämliche Ziege«, und sie hat eine Spritze aus ihrer Tasche geholt und mich angeschrien: »Willst du was davon haben, ich habe noch was über.« Sie macht mir Angst.

Ich verfolge jeden Tag die Sendungen im Kabelfernsehen. Man konnte euch kürzlich sehen, wie ihr in Lastwagen gestiegen seid. Man konnte live mitverfolgen, wie Terroristen, die in der Kanalisation versteckt waren, gefangen genommen wurden. Ich habe in der Fernsehzeitung gesehen, dass eure Operation nächste Woche vollständig übertragen wird. Sie haben uns Ausschnitte gezeigt, in denen zu sehen war, wie ihr Ruinen durchsucht und Menschen rettet. Das bewegt in der Stadt die Gemüter. Dao Min wird in seinem

Restaurant eine Sonderaktion »Herbstregen« veranstalten. In einer
Woche beginnt die kleine Caroline ihre Tournee. Ich hoffe, dass al-
les gut geht. Apropos, es ist lange her, dass wir Jim-Jim gesehen ha-
ben. Es heißt, dass er den ganzen Tag Wodka trinkt. Es heißt, dass
er Moses Ben Aaron und Juan Raul das Leben zur Hölle macht.
Es heißt, dass ihm die Autorenhonorare, die ihm der Japaner von
Sony Music auszahlt, kaum gestatten, hundert Gramm Butter zu
kaufen. Es heißt, dass er nur noch an den Moment denkt, an dem
die Karriere der Lemonseed ein Ende nehmen wird.

Abgesehen davon, geht es mir gut, aber mit dem Herbst sind
meine Gelenkschmerzen wiedergekehrt. Ich würde mich so gern an
dich kuscheln. Ich brauche deine Heizkörperwärme. Komm bald
wieder.

Sechzehn Lastwagen, die jeder tonnenweise Material herbei-
schafften, Versatzstücke, Scheinwerfer, Kabel, Lautsprecher,
Sitzreihen, Musikinstrumente, Stroboskope, Riesenleinwände,
Stromaggregate, waren am frühen Morgen gekommen, begleitet von gut hundert aufgeregten Typen, die sich gegenseitig
technische Anweisungen zuschrien und an uns vorbeiliefen, als
würden wir nicht existieren. Nach ihnen kamen die Pressespre-
cherinnen, ein ganzer Trupp hyperangespannter Mädels, die das
gleiche schmerzliche Lächeln zur Schau trugen. Die Werbefritzen überwachten das Ganze aus nächster Nähe. Mister Store,
Mister Bone und Mister Spinning standen da wie alte Raben,
die aus den Augenwinkeln ein Aas beobachteten. Die Ange-
stellten des Kabelsenders waren mit ihren Nerven am Ende,
keiner von ihnen hatte sich zwischen dem Ende der Operation
vor drei Tagen und der Ankündigung von Caroline Lemonseeds
Ankunft am heutigen Abend ausruhen können.

Wir hatten Naxos in den letzten achtundvierzig Stunden
nicht mehr gesehen. Es hieß, er liege seit zwei Tagen in der Bade-

wanne und versuche, sich schön zu machen, versuche, seinen Geruch nach zypriotischem Bauernjungen loszuwerden, versuche, sich die Fresse eines amerikanischen Schauspielers vor einer romantischen Szene mit einem jungen Starlet zu verpassen. Die Vorstellung, wie er sich als schüchterner Jungspund auf sein erstes Rendezvous vorbereitete, brachte uns ziemlich zum Lachen, aber sie machte uns auch alle ein bisschen eifersüchtig. Wir hätten viel dafür gegeben, uns Hoffnungen auf die kleine Sängerin machen zu dürfen.

Dirk hatte mit Reißzwecken über seinem Bett das Titelbild der Novemberausgabe von *Nantuket* aufgehängt, wo sie vor einem tropischen Strand in einem erstaunlichen Bikini aus Kunstleder posierte. Im Heft selbst hatte sie ein Interview gegeben:

Nantuket: Wie fühlen Sie sich, wenige Tage vor Ihrer Tournee?

Lemonseed: Ganz aufgeregt, ganz glücklich. Auch stolz, einen kleinen Beitrag zu den Kriegsbemühungen leisten zu dürfen.

Nantuket: Sie werden sehr nah an der Front sein. Haben Sie keine Angst?

Lemonseed: Doch, natürlich, ein bisschen schon. Auf der anderen Seite weiß ich, dass ein beachtliches Sicherheitsaufgebot vorgesehen ist. Und außerdem habe ich so viele liebe, aufmunternde Briefe bekommen, dass ich mich dort wie zu Hause fühlen werde.

Nantuket: Der Werbeeffekt der Tournee wird riesig sein. Was sagen Sie zu denen, die behaupten, Sie würden den Antiterrorkampf ausnutzen, um Ihre Popularität zu steigern?

Lemonseed: Ich muss zugeben, dass ich das nicht verstehe. Der Terrorismus ist so etwas Schreckliches, dass wir unsere Kräfte vereinen sollten, anstatt uns zu streiten. Ich liebe mein Publikum, und es erwidert meine Gefühle. Mehr kann ich dazu nicht sagen.

Nantuket: Frau Lemonseed, vielen Dank.

Am späten Nachmittag traf ein schwarzer Kleinbus mit dunklen Scheiben auf dem Parkplatz des Holiday Inn ein, der vom Fernsehteam unter vollem Scheinwerferbeschuss und dem Knistern der Blitzlichter der wenigen vorschriftsmäßig akkreditierten Fotografen empfangen wurde. Man hatte die Männer des »Herbstregens« gebeten, sich hinter den Absperrungen ruhig zu verhalten, um die Arbeit der Journalisten nicht zu stören. Der Kleinbus hielt an, ein Typ pfiff, ein anderer applaudierte, dann wurde es ruhig, nur das Geräusch eines laufenden Motors war noch zu hören. Eine lange Minute verstrich, bis sich die Türen des Kleinbusses mit einem Druckluftseufzer öffneten und Caroline freigaben.

34

Ich erwachte als Folge des Zusammenwirkens meiner Schmerzen im rechten Knie und einer intensiven Kälte, die sich innerhalb der Stunde, die ich auf dem Boden gelegen hatte, in meinem Körper eingenistet haben musste. Obwohl ich mich völlig steif fühlte, spürte ich, dass die Beweglichkeit, die in der Nacht zurückgekehrt war, nicht geschwunden war. Ich schaffte es, meine Glieder mit kleinen schmerzhaften Zuckungen zu bewegen, vergleichbar denen eines Fischs, den man auf den Boden eines Bootes geworfen hat. Die übergroße Anstrengung, die die wenigen Sekunden in aufrechter Stellung meinen Muskeln auferlegt hatten, hatte diese jedoch für den Moment jeglicher potenziellen Dynamik beraubt.

Mein Kopf lag so, dass ich nur den staubigen Boden unter meinem Bett, eine PVC-Fußleiste an der Wand und eine Steckdose sehen konnte, an die eine rötliche Kontrolllampe angeschlossen war. Als jedoch die Tür aufging, hatte ich keine Mühe zu erraten, dass Nikotin mein Zimmer betrat. Sie stieß ein »Oh« aus und stürzte sich auf mich. Sie drehte mich auf den Rücken, mein Blick kreuzte ihren.

»Du hast es also geschafft, dich zu bewegen? Es ist vorbei? Du bist nicht länger gehemmt, stimmt's? Und du wirst jetzt auch wieder sprechen?«, fragte sie.

Anstelle einer Antwort und ohne zu wissen warum, drängten sich die nächtlichen Worte plötzlich in meinen Mund: »Schlampe!«, antwortete ich ungewollt. Meine Stimme schien direkt einem Horrorfilm entlehnt, heiser und abgrundtief. Nikotin richtete sich schlagartig auf, als hätte ich sie geohrfeigt. Vom Boden aus, wo ich lag, machte sie auf mich den Eindruck, als wäre sie fünf Meter groß und würde mir den Kopf mit ihrem Absatz zerquetschen.

»Warte einen Augenblick«, sagte sie. Dann ging sie hinaus.

Ich hörte, wie sich ihre Schritte mit brutalen Klackgeräuschen entfernten. Kurz darauf hörte ich den Chefarzt, die Medizinstudentin und Nikotin vor der Tür flüstern.

»Es kann sein, dass er als Folge einer allgemeinen Verkrampfung, einer Art epileptischen Anfalls, gestürzt ist …«, sagte der Chefarzt.

»Das ist möglich, aber eher selten. Es hätte eines äußeren Einflusses bedurft«, meinte die Studentin.

Nikotin unterbrach sie.

»Ich sage, dass er die Kontrolle wiedererlangt hat. Er hat versucht aufzustehen, aber weil seine Muskeln weich wie Mozzarella sind, ist er auf die Schnauze gefallen.«

Sie kamen in mein Zimmer. Ich lag so da, wie Nikotin mich zurückgelassen hatte, nackt und auf dem Rücken. Ich sah, wie der Chefarzt und die Studentin versuchten, ruhig und professionell zu wirken, aber es war deutlich zu erkennen, dass sie vollkommen panisch waren. Nikotin hingegen sah mich mit dem Blick eines Bullen an, der Lunte gerochen hat. Der Arzt kam näher und tastete mir Nacken und Rücken ab.

»Alles in Ordnung, es ist nichts gebrochen. Legen wir ihn wieder aufs Bett.«

Sie fassten alle drei an. Nachdem es geschafft war und Nikotin mich wieder an die Schläuche und den Tropf angeschlossen hatte, setzte der Arzt ein bedrücktes Gesicht auf.

»Sie beide bleiben hier. Ich werde im Ministerium anrufen. Ich glaube, wir können davon ausgehen, dass sie in weniger als einer Stunde mit fliegenden Fahnen hier einfallen werden.«

»Und dann?«, fragte die Studentin.

»Und dann, wenn die Tests ergeben, dass unser liebenswerter Gast tatsächlich nicht länger blockiert ist, dass er sprechen und sich praktisch allein bewegen kann, werden wir hier das schlimmste Aufgebot an Beamten, Ministern und offizieller Journaille erleben, das dieses verfluchte Land je gesehen hat.«

Nikotin schnaubte, als würde sie das alles auswendig kennen und die Folgen davon abschätzen.

»Die Ferien sind zu Ende«, meinte der Chefarzt, wie um ihr zu antworten.

35

Nach der Tristesse der Tage, die wir im Holiday Inn verbracht hatten, nach den geschundenen Gesichtern und Körpern der regierungsamtlichen Huren war das Eintreffen Carolines für uns eine Art mystische Offenbarung über die Natur der Frauen, der Liebe, der Sexualität und des Begehrens.

Caroline Lemonseed war nicht groß. Sie war kaum die drei Stufen des Kleinbusses heruntergestiegen, da konnten wir es schon sehen. Ein Meter sechzig höchstens. Mit der Leibesfülle eines kleinen asiatischen Fleischspießes. Aber von ihr ging etwas aus, das noch keiner von uns erlebt hatte und das Dirk in einem lichten Moment in einem Satz zusammenfasste: »Man könnte meinen, ein Stück Tag mitten in der Nacht.«

Sie hatte das lockere Auftreten eines echten Profis. Sie hatte das leichte Lächeln eines Menschen auf den Lippen, der nach einem Arbeitstag nach Hause zurückkehrt, sie trug ein kurzes schwarzes Kleid von schlichtem Schnitt, in der linken Hand eine Stofftasche von bescheidenem Ausmaß und eine etwas zu groß geratene Sonnenbrille, die um diese Uhrzeit völlig sinnlos war. Mit der freien Hand hatte sie uns ein paar Grüße zugeworfen, manche hatten sofort reagiert, geklatscht und vergeblich »Caroline, Caroline …« gerufen. Es fehlte nicht viel, und den Fotografen wäre eine erweiterte Schlagader geplatzt. Überall waren Blitze zu sehen. Die Kameramänner folgten ihr, indem sie sich rückwärts bewegten, und riskierten, dabei auf die Schnauze zu fallen. Jemand hatte ihr ein Mikro hingehalten, und als wäre die Szene stundenlang geprobt worden, ergriff sie es und sagte mit ihrer berühmten Panflötenstimme, dass sie froh sei, uns zu sehen, dass sie uns für den überaus freundlichen Empfang danke, dass sie nach der Fahrt etwas müde sei und sich ein paar Stunden ausruhen wolle, und schließlich, dass sie uns liebe.

Eine halbe Stunde später hatte sich der »Herbstregen« im großen Speisesaal des Hotels eingefunden. Dort hatten wir eine Scheibe Bratenfleisch, Kartoffelpüree, Preiselbeeren und eine Art moussierenden Cidre erhalten, der den Nachgeschmack von Chlorwasser hatte und der Mahlzeit den letzten Hauch von Feierstimmung verpasste.

Alle waren gut gelaunt. Wir verteilten Amphetamine, Ecstasy, Benzedrine, Gras und Milchschokolade untereinander, es lag eine Art Zauber in der Luft, der an Heiligabend erinnerte. Caroline war in der »Executive-Suite« im zweiten Stock des Holiday Inn untergebracht. Zwei Typen waren abgestellt worden, um vor ihrer Tür Wache zu halten, sie waren unter Applaus und schlüpfrigen Kommentaren abgezogen. Moktar hatte mich nach draußen geschleppt und am Ärmel zu einer abgelegenen Ecke des Parkplatzes gezerrt, um »in Ruhe mit mir zu reden«. Im orangefarbenen Licht einer alten Straßenlaterne sahen wir, dass es angefangen hatte zu schneien. Dicke Flocken fielen in Zeitlupe auf die Panzerwagen und die Fahrzeuge der Techniker. Der Boden wurde von einem dünnen, seidenweichen weißen Film bedeckt.

»Du musst es heute Abend probieren«, hatte der Slowene gesagt.

Ich wusste, wovon er sprach. Ich hatte überhaupt keine Lust, auch nur irgendetwas zu probieren. Ich hätte viel dafür gegeben, den restlichen Abend über schlechten Cidre trinken zu dürfen, aber ich wusste, dass ich um die lästige Aufgabe, das junge Mädchen umzubringen, nicht herumkäme.

»Wie soll ich es anstellen?«, hatte ich gefragt.

»Einfach und direkt. Du fragst, ob du für deine kleine Schwester ein Autogramm von ihr haben darfst, und wenn du einmal bei ihr drin bist, darfst du nicht zögern. Du darfst auf keinen Fall zögern.« Während er sprach, hatte er diesen eiskalten Blick, der mir schon bei unserer Begegnung mit den Verängstigten aufgefallen war. Er hielt mir sein Jagdmesser hin.

»Ich warte unterm Fenster mit einem Auto auf dich. Ein Typ hat mir die Schlüssel überlassen. Es hat mich viel gekostet. Du springst, es sind fünf Meter, vielleicht tust du dir ein bisschen weh, aber umbringen wirst du dich damit nicht. Du hast auch gar keine Wahl.«

Er hatte Recht. Ich hatte sein Messer genommen, versucht, mich in den gleichen Zustand zu versetzen wie damals, als ich »Erbse« Roberts kaltgemacht habe, und war auf den Eingang des Hotels zugegangen.

Vor dem Fahrstuhl, der in den zweiten Stock führte, standen die beiden Männer vom »Herbstregen«, die zum Wachehalten abgestellt worden waren. Wir hatten uns noch nie gesprochen, aber ich kannte sie vom Sehen.

»Ich hätte gern ein Autogramm für meine Schwester, darf ich durch?«, hatte ich gefragt.

Die beiden Typen hatten sich angeschaut, als sei ihnen alles piepschnurzegal, dem einen wie dem anderen. Einer von ihnen meinte:

»Nur zu. Wir sind hier eh nur zur Deko.« Was er sagen wollte, verstand ich erst, als ich oben im Stockwerk ankam. Vor der Tür der »Executive-Suite« stand eine Art Riese mit blonden Haaren und einem derart quadratischen Gesicht, dass er aussah, als sei er aus Legos gebaut. Er warf mir den Blick eines misstrauischen Nilpferdes zu. Ich wiederholte noch einmal meine Geschichte von wegen Autogramm, der Riese stieß einen dumpfen Laut aus, sprach etwas Unverständliches in sein Krawattenmikro, wartete die Antwort ab und nickte schließlich mit dem Kopf.

»Okay, Sie können hineingehen.« Er holte aus seiner Jackentasche einen Metalldetektor und fuhr mir damit am Körper entlang. Vor meinem Messer stieß es ein paar schrille Pfiffe aus. Ich hielt der Wache die Waffe hin.

»Ich bin Soldat, das habe ich immer bei mir. Das hat nichts zu bedeuten«, aber der Blonde nickte nur, nahm mir das Messer ab und öffnete die Tür.

Ich trat in den Eingangsbereich der Suite. Es roch nach Sauberkeit, nach Frische, nach Lavendelduftöl, nach Dingen, die ich seit Jahren nicht gerochen hatte. Ich fühlte mich dreckig. Und ohne Messer fühlte ich mich bescheuert. Was könnte ich ausrichten? Ihr den Schädel zertrümmern? Sie erwürgen? Die Vorstellung gefiel mir überhaupt nicht. Ein Mädchen tauchte auf, auch sie sehr groß, auch sie blond, auch sie mit einem Legogesicht. Bestimmt die Schwester des Blonden. Sie bat mich, drei Minuten zu warten, hielt mir einen brühendheißen Kaffee hin, auf den ich überhaupt keinen Appetit hatte, und ließ mich allein. Diese wenigen Sekunden kamen mir unendlich lang vor, ich merkte, dass meine Motivation nur noch ein winzig kleiner dunkler Punkt am Horizont war. Ich tauchte meine Lippen in den Kaffee, als die Schwester des Blonden von neuem erschien, um mir zu sagen, dass Caroline Lemonseed mich erwarte.

Ich brauchte etwa zehn Sekunden, um meine Augen an die Dunkelheit des Salons zu gewöhnen, in den ich geführt worden war. Der Raum war ziemlich groß und spärlich möbliert, im reinsten Stil der Geschäftswelt aus der Vorkriegszeit. Ein paar Sessel, ein niedriger Tisch, ein kleiner Schrank. Die einzige Lichtquelle war die Birne einer Leselampe in der hintersten

Ecke, unter der Caroline Lemonseed in einer seltsamen Stellung, halb liegend, halb zusammengekauert, einen Telefonhörer an ihr Ohr drückte. Ich konnte sie bis zu mir hören: »Hör auf, das ständig zu wiederholen«, sagte sie mit einer zaghaften Stimme, die ihr schließlich versagte. Sie erhielt eine Anwort, und mit noch erstickterer Stimme wiederholte sie: »Hör auf. Bitte. So war es nicht.«

Es folgte eine längere Stille, in der vermutlich der Gesprächspartner redete. Alles, was ich hörte, war Carolines Schniefen. Sie antwortete ganz schwach:

»Hör auf.«

Sie schien auf etwas zu warten, dann stellte sie den Apparat auf den Boden und sah ihn traurig an, als sei er ein totes Kätzchen. In diesem Moment schien sie meine Anwesenheit zu bemerken.

»Sie sind der Mann mit der kleinen Schwester? Stimmt's?« Sie redete wie jemand, der ein wenig getrunken hatte. Sie sprach weiter: »Eine kleine Schwester ist etwas Herrliches. Ich habe niemanden. Sie werden nicht wissen, wie es ist, niemanden zu haben. Es ist fast so, als wäre man tot. Früher hatte ich Leute, aber Eltern und Freunde existieren nicht wirklich. Wenn man sie nicht ständig daran erinnert, *wer* sie sind, gehen sie weg.«

Sie hatte ihre letzten Worte mit einer wegwerfenden Handbewegung begleitet. Sie nahm ein Foto vom Tisch und stand auf.

»Wie heißt Ihre Schwester?«

»Louise«, sagte ich aufs Geratewohl.

Sie kritzelte etwas quer über das Foto, kam durch den Salon auf mich zu und hielt es mir hin. Ich hörte, wie draußen vor dem Fenster ein Auto hielt. Moktar wartete auf mich.

»Sie sind der Einzige, der mich aufgesucht hat. Alle anderen applaudieren mir, behaupten, sie würden mich vergöttern, kaufen meine Platten, aber sie wollen nur, dass man ihnen einen bläst. Wenn Liebe im Spiel wäre, wüsste ich nicht, was dagegen sprechen sollte, ihnen einen zu blasen. Es liegt in der Natur der Sache, dass man jemandem, der einen liebt, einen bläst. Aber sie lieben mich nicht *wirklich*, verstehen Sie?«

Ich sagte ja, ohne wirklich zu verstehen.

»Natürlich verstehen Sie das. Sie haben eine Schwester. Sie wissen, was Liebe ist. Wollen Sie, dass ich Ihnen einen blase?«

Ich stammelte:

»Eh, nein, das ist sehr freundlich …«

»Sie sind ein netter Kerl. Ich würde Sie bei Gelegenheit gerne wieder sehen.«

Ich kehrte zu Moktar zurück, der immer noch unter dem Fenster wartete. Sein Blick verfinsterte sich, als er mich kommen sah. In der Hand hielt ich das Foto mit der Widmung von Caroline Lemonseed, ich konnte es nicht lassen, dümmlich zu lächeln. Einen Augenblick lang glaubte ich, der Slowene würde mir seine Faust ins Gesicht schleudern, aber er fragte nur:

»Was ist passiert?«

Ich erzählte ihm die ganze Geschichte, vom Leibwächter, Caroline am Telefon, dem Foto …

»Was ich sehe, ist klarer Unwille«, sagte er und betrachtete das Auto. Ein alter Fiat Punto, der ihn viel Geld gekostet haben musste. Er hatte nicht Unrecht. Er sprach weiter:

»Hör zu. Wenn bei diesen Dingen Unwille im Spiel ist, dann ist das wie Haare, die sich in einem Badewannenabfluss sammeln. Nichts geht mehr vorwärts, man bleibt stecken, hängt im Dreck fest.«

Ich hörte nur halb hin. Ich dachte an das traurige Gesicht der Sängerin.

»Verstehst du, was ich sage?«

»Ja.«

»Bist du immer noch motiviert?«

»Ja«, hatte ich geantwortet.

36

Das erste Konzert sollte rund hundert Kilometer von unserem Holiday Inn entfernt stattfinden, in etwas, das vor dem Krieg eine kleine Arbeiterstadt war, die sich ausschließlich der Kristallproduktion verschrieben hatte, einer der vorgeschobenen Posten der regulären Armee. Der »Herbstregen« hatte den Befehl erhalten, die Techniker und die Materialwagen zu eskortieren, während sich Caroline, Naxos, der ehemalige Flieger und jetzige Moderator, Mister Store von Kellogg's, Mister Bone von General Food, Mister Tuning von Petrofina und Mister Spinning von den Spinning-Prozessoren, ein Kameramann und ein Tontechniker auf dem Luftweg dorthin begeben sollten, an Bord eines Hubschraubers des Kabelsenders. Ich gebe zu, dass ich bei der Vorstellung, dass Naxos nur wenige Zentimeter von Caroline entfernt saß, sich ihre Schenkel womöglich berührten, ihre Augen sich unter dem komplizenhaften Blick des Moderators und der vier Arschgesichter der Werbefritzen trafen, das Gefühl hatte, mein Herz würde von zehn Nadeln durchbohrt.

Wir mussten auf die gleichen Lastwagen steigen wie bei unserer ersten Mission und nahmen wieder die gleichen Plätze ein, Moktar, der seit meinem ersten Mordversuch mit mir schmollte, Dirk, der uns von jetzt an überallhin folgte wie ein zutrauliches Tier, und ich, der ich nicht aufhören konnte, an meine Begegnung mit Caroline zu denken.

Seit drei Tagen schneite es ununterbrochen in der ganzen Region, die allmählich anfing, dem Südpol zu ähneln. Die Temperatur war noch weiter gesunken, der Wetterbericht des Armeesenders kündigte fünf Grad unter Null an, aber wir waren uns alle einig, dass das eine Lüge war, um unsere Moral nicht zu gefährden, und dass die wahren Temperaturen im Bereich um die fünfzehn Grad minus liegen mussten. Wir konnten noch so viele Klamotten übereinander ziehen, uns wurde nicht warm. Alle Männer des »Herbstregens« froren, und folglich stopften sich alle »Herbstregenmänner« mit Amphetaminen und Milchschokolade voll, um durchzuhalten.

Nachdem wir fünf Stunden im Schritttempo über eine verschneite Autobahn gefahren waren, waren wir in der düsteren Kleinstadt angekommen, in der das Konzert stattfinden sollte. Es war der bei weitem deprimierendste Flecken, den ich je gesehen hatte. Der Ort war gänzlich von seinen Bewohnern geräumt worden, die man vermutlich in ein Flüchtlingslager weiter hinten gesteckt hatte, geblieben waren nur Straßen, an denen leere Häuser mit geschlossenen Fensterläden standen, Läden, die vor langer Zeit geplündert worden waren, und die wenigen Verwaltungsgebäude, die besoffene Soldaten verwüstet hatten. Die Lagerhäuser der ehemaligen Kristallfabrik dienten jetzt den zweitausend Soldaten der regulären Armee, die hierher abkommandiert worden waren und sich zwischen Lagerbeständen an Vasen, Gläsern, Briefbeschwerern und allerhand Nippes drängten, als Kaserne. Es roch ganz fürchterlich nach alter Wäsche.

Die Soldaten der regulären Armee bestanden aus einer Truppe degenerierter Rüpel, die wir verachteten. Im Gegenzug hasste uns die Truppe degenerierter Rüpel, als sie die Männer des »Herbstregens«, die Stars der Fernsehbildschirme, die Bewacher von Caroline Lemonseed, die im bequemen Ibis Hotel am Ortseingang untergebracht waren, bei sich eintreffen sahen. Wir waren informiert worden: Wir sollten die behelfsmäßigen

Bars, das Kino, in dem nur Amateurpornos mit den Flüchtlings-
mädchen auf VHS liefen, und die Straßen, die weiter vom
Zentrum entfernt waren, meiden. Bald würden wir jedoch das
Steuer herumreißen und uns ihre Bewunderung zuziehen.
Ein paar Kilometer vor der Stadt, auf einer Fernstraße, die
eine ganze Reihe Dörfer an die Autobahn anschloss, fanden
wir Hunderte desorientierter Familien, arme Bauern, die völlig
durcheinander waren, klapprige Alte, Kinder mit verschmierten
Nasen und Frauen, die vom Hunger, der Kälte und dem Mangel
an fließendem Wasser halb verrückt waren. Das gesamte Völk-
chen hatte sich in den Kopf gesetzt, nicht in Richtung der Lager
zu marschieren, wo man ihnen die Nase geputzt, sie untergebracht und ernährt hätte, sondern in die entgegengesetzte Richtung, ins Landesinnere. Der Oberbefehlshaber der Armee rauf-
te sich die Haare, wusste er doch und hatte Beweise dafür, dass
sich inmitten dieses fürchterlichen Elends ruhig und bequem
zig Terroristen versteckten, von ihren Brüdern, Schwestern und
Cousins geschützt. Die reguläre Armee errichtete Absperrungen, kontrollierte die Identität, ließ Phantombilder zirkulieren,
Suchanzeigen, setzte Belohnungen aus, nahm aber nie auch nur
den geringsten Verdächtigen fest. Daraufhin hatte der ehemalige Flieger und jetzige Moderator eine Idee gehabt, deren Aus-
wirkungen die vier Werbefritzen für sehr interessant hielten.
Naxos hatte bestätigt, dass diese Dinge absolut in seinen Zu-
ständigkeitsbereich fielen, und innerhalb von drei Stunden hatten wir die Operation »Arme Spinner« auf die Beine gestellt.

37

Noch nie waren so viele Leute in meinem Zimmer gewesen. Da waren natürlich Nikotin, die Medizinstudentin und der Chefarzt, die sich als kompaktes Grüppchen um mein Bett scharten. Aber es waren auch die beiden Krebse in Beamtenanzügen da, die mich letzte Woche besucht hatten. Sie hatten ein kleines Geschöpf mit fettigen Haaren mitgebracht, das seine Augen nicht von meinem Gesicht nehmen konnte, und eine Frau in strengem Kostüm, die aussah, als würde sie die Operationen leiten. Und schließlich hielt sich noch ein ziemlich junger Typ mit glattem Gesicht reglos im hintersten Winkel des Zimmers auf.

»Sie sagen, Sie haben ihn auf dem Boden gefunden?«, fragte der erste Krebs Nikotin.

»Ja, er lag auf dem Bauch, direkt neben seinem Bett.«

»Und Sie sagen, dass er gesprochen hat?«

»Ja.«

»Was hat er zu Ihnen gesagt?«

Nikotin schien sich in ihrer Haut nicht wohl zu fühlen.

»Er hat mich beschimpft. Er hat gesagt, ich sei eine Schlampe.«

Das kleine Geschöpf mit den fettigen Haaren bekam ein nervöses Zucken, bei dem sich die Mundwinkel hochzogen.

»Glauben Sie, die Tatsache, dass er ein Wort gesprochen hat, beweist, dass er sich tatsächlich von seiner Katatonie erholt hat?«, fragte die Frau im Kostüm mit der kalten harten Stimme eines Vokalsynthesizers. Nikotin wollte antworten, aber der Chefarzt schnitt ihr das Wort ab.

»Das beweist, dass sich etwas in seinem Nervensystem ereignet hat. Dies kann sowohl von vorübergehender Natur sein wie auch etwas Endgültiges, schwer zu sagen.«

»Es ist also möglich, dass er weiterhin unfähig ist, zu reden und sich zu bewegen?«, fuhr die Frau im Kostüm fort.

»Das ist möglich.«

»Aber es könnte auch sein, dass er wieder in betriebsfähigem Zustand ist, wenn Sie mir diesen Ausdruck verzeihen wollen, und dass er es uns verheimlicht?«

»Auch das ist möglich.«

»Gibt es eine Möglichkeit, dies herauszufinden?«

»Ja, ich denke, wenn wir die Gehirntätigkeit im Hinblick auf gewisse Stimulierungen beobachten und sie mit den Aufzeichnungen der letzten Wochen vergleichen, hätten wir eine brauchbare Arbeitsgrundlage.«

»Eine brauchbare Arbeitsgrundlage?«, meinte die Frau im Kostüm. »Und wie lange würde diese Arbeit dauern?«

»Wir müssten innerhalb von ungefähr einer Woche drei oder vier Untersuchungsreihen durchführen und versuchen, die entsprechenden Antworten zu finden, sie in einem Elektroenzephalogramm zu isolieren und mit den Daten früherer Untersuchungen vergleichen. Um sicher zu gehen, müsste man sie mit ähnlichen Fällen abgleichen. Ich kann zwei Personen auf das Krankenhausarchiv ansetzen und Kollegen um Hilfe bitten. Ich könnte ihnen sicherlich, bei einer minimalen Fehlerquote, in drei Wochen eine verbindliche Antwort geben.«

»Einer minimalen Fehlerquote?«

»Eine gewisse Unsicherheit besteht immer.«

Die Frau im Kostüm trat näher an den Arzt heran. Sie war viel kleiner als er, aber ich sah, wie er den Kopf einzog.

»Sie wollen also, dass ich drei Wochen warte, um in einer Sache mehr oder weniger sicher zu sein?«

»Ich wüsste nicht, wie man sonst vorgehen könnte. Tut mir Leid.«

»Sie wissen, dass die Interdisziplinären Begegnungen in einer Woche stattfinden?«

»Ja, ich weiß, seit zwei Monaten ist von nichts anderem die Rede.«

»Wissen Sie, wie viele Milliarden Sponsorengelder investiert worden sind?«

Der Arzt antwortete nicht. Es verbreitete sich allmählich eine ziemlich miese Stimmung in meinem sonst so ruhigen Zimmer.

»Wenn Sie es nicht wissen, dann deshalb, weil niemand es weiß. Es sind enorme Summen. So etwas haben wir noch nie gehabt. Selbst die Sponsoren wissen es nicht mit Sicherheit oder ziehen es vor, nicht darüber nachzudenken, denn wenn die Begegnungen nicht die erwarteten Früchte tragen, wäre das schlimmer als alles andere, es wäre ein Crash, der schlimmste, den wir je erlebt hätten, es wäre die Hölle. Verstehen Sie? Die Leute müssen entspannt und glücklich sein, sie müssen Lust auf Konsum haben.«

»Ich verstehe.«

»Und wissen Sie, was den Leuten die Lust auf Konsum nimmt?«

Wieder schwieg der Arzt, und die Frau sprach mit ihrer Synthesizerstimme weiter, die jetzt in ein tieferes Tonspektrum abglitt.

»Es ist ihre Stimmung. Wenn die Stimmung nicht gut ist, bleibt man zu Hause, wälzt trübe Gedanken, wird zu einem armen, depressiven und sich dem Konsum verweigernden Schlappschwanz, einer Wachstumsbremse. Die schlechte Stim-

146

mung ist das größte epidemiologische Risiko dieses Jahrhunderts, wussten Sie das, Herr Doktor?«

»Nein.«

»Dann wissen Sie es jetzt. Und ein Typ wie unser katatonischer Freund (sie machte eine Kopfbewegung in meine Richtung) ist aufgrund der Arbeit der Gruppierungen, Hand in Hand mit ein paar Zeitungen, die wenig auf das Gemeinwohl bedacht sind, bei weitem der schlimmste Infektionsherd. Bei all den Artikeln, die anlässlich der Ereignisse erschienen sind, und den hier, Gott weiß wie, entstandenen Fotos, werden die Leute allmählich depressiv. Und angesichts all dieser depressiven Leute machen sich die Sponsoren, die Werbefritzen fast in die Hose. Sie kommen zu dem Schluss, dass das alles nicht hätte passieren dürfen. Dass das alles eigentlich auch nie passiert ist und dass der Typ in seinem Bett, da ja nichts passiert ist, auch nichts getan haben kann. Verstehen Sie? Nichts ist passiert, und er hat überhaupt nichts getan.«

»Ich verstehe, aber schließlich haben sich diese Vorfälle ja ereignet. Es gibt die Zeugen, die Briefe. Ich meine …«, stammelte der Arzt.

»Ich glaube, Sie kennen den persönlichen Referenten unseres Ministers nicht«, unterbrach ihn die junge Frau und zeigte auf den aalglatten jungen Mann.

»Nein.«

»Herr Referent, hätten Sie die Güte, uns zu wiederholen, was der Minister zu Ihnen gesagt hat?«

Der junge Mann machte einen Schritt in meine Richtung und täuschte ein vages, den Umständen angemessenes Lächeln vor.

»Den Minister betrübt die Situation, die ihn in diesen letzten Wochen mit am meisten beschäftigt hat, selbstverständlich sehr. Er hat sich tausend Gedanken gemacht, was am besten zu tun sei, er hat die verschiedensten Aktionäre getroffen, die verschie-

147

densten Auftraggeber, die Unternehmer, die Fernsehsender, die die Senderechte innehaben, und alle anderen, die in irgendeiner Form ein Interesse an der Durchführung der Interdisziplinären Begegnungen haben. Anschließend hat er die Vertreter der Menschenrechtsgruppierungen gesprochen, aber die Versuche eines Dialogs sind infolge der törichten und radikalen Positionen besagter Vertreter leider gescheitert. Der Minister hat folglich lange nachgedacht und uns gesagt, sollte der Herr auf seinem Bett das Bewusstsein wiedererlangt haben, wäre es am besten, ihn einfach gehen zu lassen.«

Ich sah, wie sich das Gesicht des Chefarztes ins Gräuliche verfärbte. Nikotin öffnete den Mund zu einem stummen Schrei. Die kleine Studentin schlug die Augen nieder. Die junge Frau im Kostüm wandte sich lächelnd an mich.

»Also, ist unser Freund nun aufgewacht oder nicht?«, fragte sie.

38

Mein geliebter Moktar,

ich hatte einen heftigen Streit mit deiner Schwester im Zusammenhang mit ihren Drogen und ihrer Rumhurerei in der ganzen Stadt, was ich, wie du weißt, wir haben darüber gesprochen, zutiefst missbillige. Sie hat mir entgegnet, dass ich die dämlichste Ziege sei, die sie je in ihrem Leben getroffen habe, und sie habe nicht wenige getroffen. Sie hat versucht, mich ins Gesicht zu schlagen, und hat gesagt, es sei jetzt wirklich an der Zeit, dass sie Ordnung in ihr Leben bringe, dann ist sie gegangen und hat wütend die Tür hinter sich zugeschlagen. Es ist jetzt fünf Tage her, dass ich sie zuletzt gesehen habe. Dao Min, der über die Geschehnisse in der Stadt wirklich gut informiert ist, hat nichts von ihr gehört. Ich verstehe nicht, was sie mit ihrem Spruch, von wegen Ordnung in ihr Leben bringen, sagen wollte. Sie täte besser daran, ihr Zimmer in Ordnung zu bringen.
Davon abgesehen liebe ich dich.

Beim Lesen dieses Briefs war Moktar aufs Bett gesunken. Er hatte den Kopf in die Hände gestützt und ständig wiederholt, dass das Ganze seine Schuld sei, dass er sich um seine Familie nie so hätte kümmern können, wie es nötig gewesen wäre, dass er besser daran getan hätte, Suzy im Fernsehladen dieser degenerierten »Erbse« Roberts dahinvegetieren zu lassen, dass man immer erntet, was man sät, dass für ihn nach dem Vergnügen jetzt die Arbeit komme. Dirk behauptete, das sei alles Theater, Moktars Schwester mache das nur, um auf sich aufmerksam zu machen, dass auch er eine Schwester habe, die geflohen sei und die man ein Jahr später wieder gefunden habe, wie sie in einer Pastetenfabrik Hähnchen ausnahm, dass sie keine Drogen genommen habe und noch Jungfrau gewesen sei. In diesem Moment war die Situation fast außer Kontrolle geraten: Moktar war aufgesprungen, sein Blick war von neuem wie aus Eis gewesen, mit zwei Schritten hing er über Dirk, packte ihn gleichzeitig an Kopf, Arm und einem Bein, zerrte ihn auf den Boden, wo er ihm mit dem Knie den Nacken zu Boden drückte und ihm ins Ohr schrie, dass seine Schwester nicht geflohen sei, dass sie niemals Hähnchen ausnehmen würde, dass sie Drogen nehmen könnte, wenn es ihr gefiele, und dass sie, auch wenn sie mit sämtlichen schrägen Schwänzen dieser Welt vögelte, ganz sicher noch Jungfrau sei. Dirk sagte kläglich ja, ja, ja. Ich hatte Angst, die Situation würde eskalieren, aber sie beruhigte sich schließlich. Zehn Minuten später rief Naxos zum Appell, und wir versammelten uns alle in der Hotellobby.

Die Operation »Armer Spinner« war beunruhigend simpel, und Naxos mit seinem rhetorischen Talent erläuterte sie im Ibis-Hotel seinen fünfzig in den Sesseln aus Lederimitat versunkenen Männern. Wir würden uns in der Nacht zur Absperrung begeben, hinter der sich die Flüchtlingskolonne drängte, ein gutes Tausend, aber wir würden von der Unterstützung der regulären Armee profitieren. Die Fernsehteams würden einer Gruppe von zwanzig »Herbstregenmännern« folgen, die er selbst anführte und deren Aufgabe es wäre, rund hundert Flüchtlinge zu isolieren, sie einer kurzen Durchsuchung zu unterziehen, potenziell Verdächtige festzunehmen und sie gegebenenfalls in die Hände der Militärpolizei zu geben. Die übrigen dreißig Männer des »Regens« würden von Moktar angeführt, der von uns allen die meiste Erfahrung habe. Ihre Aufgabe wäre es, ebenfalls mit Unterstützung der regulären Armee, die Strecke ein für allemal freizuräumen, damit Soldaten auf Freigang und das noch ausstehende technische Material hindurchgelangen könnten.

Die beiden Gruppen des »Herbstregens« hatten sich also getrennt. Auf der einen Seite Moktar, auf der anderen Naxos. Natürlich waren Dirk trotz der Prügel, die er bezogen hatte, und ich trotz meines Traums von einem Abend mit der Lemonseed dem Slowenen gefolgt.

Naxos' Gruppe, die von den Fernsehteams begleitet werden sollte, hatte wieder die entsprechenden Werbejacken angezogen, »Spinning, Kellogg's, Agfa, Snikers…«, und sich schminken lassen. Der ehemalige Flieger und jetzige Moderator beschloss, eine Simultanübertragung zu machen und in einem der beiden Geländefahrzeuge zu sitzen. Der schwierigste Teil fiel unserer Gruppe zu, die die Aufgabe hatte, das Gros der Flüchtlinge, das die Straße versperrte, mit egal welchen Mitteln zu isolieren und in die zig Busse mit vergitterten Fenstern, die uns von der regulären Armee zur Verfügung gestellt worden waren, zu scheuchen. Naxos, das Gesicht von der Schicht Schminke ganz glatt, wünschte uns viel Glück, gab Moktars betonharter Schulter einen freundschaftlichen Klaps, verteilte Amphetamine und Schokoriegel und schickte uns los.

Anders als ich gedacht hätte, schien die Beförderung zum Unterkommandanten Moktar nicht besonders zu freuen. Er hatte zwar noch nie besonders gern gelächelt und sich auch nie besonders fröhlich gezeigt, aber seit er von der Flucht seiner Schwester erfahren hatte, hatte eine griesgrämige Maske sein Gesicht überzogen, und weder Naxos' freundschaftliche Geste noch die chemische Rückendeckung durch die Amphetamine schienen sie lösen zu können. Er ließ uns auf die Lastwagen

klettern, sagte wenig überzeugt, dass wir sehr konzentriert bleiben müssten, weil er keine »Scherereien« haben wollte, und
schwieg dann während der gesamten einstündigen Fahrt. Hinter uns fuhren, wie eine Elefantenherde im Todeskampf, die
zehn alten Busse mit den vergitterten Fenstern.

39

Die Flüchtlingskolonne zog sich etwas weniger als einen Kilometer an einer matschigen Fernstraße entlang, die von etwas gesäumt wurde, das im Frühling ein hübsches Wäldchen sein musste, mitten im Winter jedoch eher an eine alte Haarbürste erinnerte, die jemand in einer Badezimmerecke vergessen hatte. In diesem Bild nahmen die paar hundert Flüchtlinge aufs Wunderbarste die Rolle von Schmutzwäsche ein: vollkommen grau, unförmig und ziemlich übel riechend. Moktar hatte den Lastwagenfahrer gebeten, fünfhundert Meter vor der ersten Flüchtlingsgruppe zu halten und den Motor und die Scheinwerfer auszumachen, denn, so behauptete er, diese Leute seien wie die Hasen, genauso nervös und furchtsam, und Motorengeräusch, Scheinwerferlicht und zig Typen in Uniform wären im Handumdrehen in der Lage, eine unsägliche Panik auszulösen.

»Die Panik«, hatte Moktar gesagt, »ist unser größter Feind. Leute in Panik sind zu allem fähig. Sie sollen Angst haben, aber sie dürfen auf keinen Fall in Panik geraten.«

Er hatte auf seine Uhr geschaut. Einen Kilometer weiter, auf der anderen Seite der Flüchtlingskolonne, hatte Naxos mit den Fernsehteams die Arbeit aufgenommen. Dirk hatte eins der Funkgeräte angemacht, einen Moment lang die richtige Frequenz gesucht und innegehalten, als die Stimme des Moderators plötzlich inmitten der Störnebengeräusche erklang: »Diese Leute, die vor dem Elend, dem Krieg und seinem Grauen fliehen, wurden zu Hunderten auf die Straße getrieben. Manche von ihnen haben seit Tagen nichts gegessen, alle leiden aufgrund der schlechten Lebensbedingungen an Wassermangel oder verschiedenen Infektionen. Ein Mann erzählt, wie seine Frau gestern in einem Graben niederkam und als einzige Behandlung ein Glas mit nicht sterilisierter Milch erhielt. Aber mehr noch als den Hunger und die Krankheit fürchten diese Menschen die Terroristen, die sich unter ihnen verstecken, sie fürchterlichen Erpressungen aussetzen, gegen diejenigen, die das Gesetz des Schweigens zu brechen wagen, Morddrohungen erheben und ihnen eine ›Abgabe‹ aufzwingen, wie man sie hier nennt, mit anderen Worten, ein tägliches Schutzgeld, abgezweigt von ihrer kümmerlichen Habe…«

Im Hintergrund konnten wir Naxos hören, der den Leuten sagte, sie sollten sich nicht beunruhigen, ein paar Lastwagen von »General Food« würden Rationen an sie verteilen und die Kinder bekämen Milch und Getreideflocken. Nach einer halben Stunde sahen wir den Hubschrauber des Senders, der an dem dunklen und eisigen Himmel an Höhe gewann. Mit seinem Funkfeuer ähnelte er von weitem einer kleinen blinkenden Christbaumkugel. Moktar erhielt das Zeichen, auf das er gewartet hatte. Über Funk bat er die Soldaten der regulären Armee, die den Fernsehteams und den »Regenmännern« von Naxos geholfen hatten, sich nicht von der Stelle zu rühren, um ihre Seite der Kolonne »dichtzumachen«. Er stieg aus dem Lastwagen, rief den ranghöchsten Soldaten der Begleittruppen zu sich, einen kleinen bärtigen Mann mit birnenförmigem Gesicht, und befahl ihm, seine Männer in dem Wäldchen entlang der Straße zu verteilen.

Moktar hatte uns befohlen, es ihm nachzutun. Im Licht der Scheinwerfer, die auf den Lastwagen montiert waren, hatte er sich der Flüchtlingskolonne genähert und den Leuten gesagt:

»Ganz ruhig, euch wird nichts passieren, folgt einfach unseren Anweisungen.« Es war zu einer leichten Bewegung in der Menge gekommen, aber er war weitergegangen, war in die Menschenmasse eingetaucht wie in einen See voller Algen.

»In fünfzig Metern warten Busse auf euch und bringen euch an einen sicheren Ort.«

Und wir dahinter wiederholten den Männern, den Frauen, den Greisen, den Greisinnen und den kleinen Kindern, die angefangen hatten, nervös am Daumen zu lutschen: »In fünfzig Metern warten Busse auf euch und bringen euch an einen sicheren Ort.«

Ich sah Schatten, die die Straße verließen und sich in den Wald verzogen. Wir konnten deutlich eine Reihe Schüsse vernehmen, klack, klack, klack, ein Geräusch von Steinen, die gegeneinander geschlagen werden. Der Bärtige mit dem birnenförmigen Kopf hatte ganz offensichtlich die Anweisungen verstanden. Es wurde ruhig, und man konnte Moktars Stimme jetzt laut und deutlich hören, die unermüdlich wiederholte: »Ganz ruhig, euch wird nichts passieren, folgt einfach unseren Anweisungen. In fünfzig Metern warten Busse auf euch und bringen euch an einen sicheren Ort.« Er schnappte sich die Leute, die er in die Finger bekam, und schob sie zu uns, die wir hinter ihm herliefen und sie wiederum weiterschoben, nach hinten, wo die Busse warteten.

So erstaunlich es einem auch vorkommen mag, bei den rund hundert Leuten, die wir vor uns hatten, führte diese einfache Geste, einen Menschen zu packen und nach hinten zu schieben, dazu, dass es zu einer generellen Bewegung zu den Bussen kam. Moktar drehte sich einen Augenblick zu mir um, während sich zig Köpfe zwischen uns vorbeischoben, und warf mir einen Blick zu, in dem belustigter Stolz erstrahlte, der mich hinsichtlich seiner Gemütsverfassung beruhigte. Suzys Flucht quälte ihn nicht allzu sehr. Im Wald waren weitere Schüsse zu hören, sie schienen zur Szenerie zu gehören, kein Mensch achtete auf sie.

Wir brauchten mehr als zwei Stunden, bis alle in den Bussen waren, deren Anzahl etwas knapp bemessen schien angesichts der Menge der zu transportierenden Leute. An den vergitterten Fenstern drängten sich zig Gesichter, Hunderte verängstigter Augen, die unser Kommen und Gehen verfolgten. Dirk zündete sich eine Kippe an und inspizierte dabei seine Schuhe. Der Mann mit dem birnenförmigen Kopf kam mit seinen Soldaten von der regulären Armee, die drei große Bündel trugen, aus dem Wald. Sie kamen auf Moktar zu und legten die Bündel vor ihm nieder.

»Was machen wir damit?« Moktar blickte zu Boden. Es waren die Leichen zweier Männer und einer jungen Frau. Er drehte sich zu den Bussen, in denen sich jetzt bedrohlicher Lärm erhob.

»Das war eine ganz schöne Dummheit, die ihr da gemacht habt. Wisst ihr, wie lange es dauern kann, bis man eine panische Menge beruhigt hat?«

Der Mann mit dem birnenförmigen Kopf schien verärgert, dass man ihn vor seinen Männern tadelte.

»Die sind ja jetzt alle schon drin, da kann uns die Panik doch egal sein«, hatte er geantwortet.

Der Lärm hinter uns schwoll an. Aus den zehn Bussen konnten wir erregte Stimmen hören, die uns Schimpfwörter an den Kopf warfen. Einige waren erregt, standen auf, versuchten auszusteigen. Die Busse fingen an zu schwanken wie große Boote bei heftigem Seegang.

»Scheiße«, hatte Moktar geflucht.

Dann war aus einem der Busse der Schrei einer Frau zu hören gewesen, unverständlich, aber mit einem Mal schwoll der

Lärm an, bis er fast beängstigend wurde, und erfüllte den ganzen Platz mit feindlichen Schwingungen. Als hätte der Seegang zugenommen, schwankten die Busse jetzt gefährlich.

»Uns kann die Panik also egal sein?«, hatte Moktar ironisch gefragt. Der Mann mit dem birnenförmigen Kopf antwortete nicht; auf seinem Gesicht lag ein verzerrtes Lächeln.

»Komm mit«, hatte der Slowene zu mir gesagt und war auf den nächsten Bus zugegangen.

Wir stiegen vorne ein. Drinnen schrie und brüllte es, ein Wurfgeschoss, das von hinten irgendwo abgeschickt worden war, streifte mein Gesicht. Es roch nach Angst, nach Schweiß, nach alter Wäsche und Urin. Moktar schnappte sich den Ersten, der ihm zwischen die Finger kam, einen jungen Typ mit total unmodischer Skijacke, packte ihn am Kragen, hob ihn hoch, zog seinen Dienstrevolver, hielt ihm den Lauf an die Schläfe und schoss.

Das Geräusch in dem geschlossenen Raum war ohrenbetäubend, Blut und Gehirnmasse spritzten durch die Luft wie bei der Explosion einer Feuerwerksrakete. Der junge Typ wurde gegen die vergitterten Fenster geschleudert, prallte zurück und fiel auf den Mittelgang, wo er in sich zusammensackte und in einer seltsamen Stellung sitzen blieb. Augenblicklich herrschte Stille, schwer wie eine gusseiserne Platte.

»Ganz ruhig, euch wird nichts passieren, folgt einfach unseren Anweisungen«, hatte Moktar gesagt und war ausgestiegen.

In den anderen Bussen war wie in dem Bus, den wir verlassen hatten, Ruhe eingekehrt. Ohne dem Vorfall beigewohnt zu haben, ahnten alle, was passiert war. Moktar sah offensichtlich die Verwunderung in meinen Augen.

»Es reicht nicht, dass sich die anderen etwas *vorstellen*, sie müssen das Gleiche *sehen*. Nur so wird die Fahrt ruhig verlaufen.«

Wir waren in den nächsten Bus gestiegen, in dem beklommene Stille herrschte. Moktar packte das erstbeste Geschöpf, ein dickes Mädchen von vielleicht zwanzig Jahren, und von neuem Revolver, Schläfe, Schuss, ohrenbetäubender Krach, rotes Feuerwerk, und er wiederholte:

»Ganz ruhig, euch wird nichts passieren, folgt einfach unseren Anweisungen.«

Wir machten alle zehn Busse durch, peng! peng! peng! Und als wir wieder bei dem Mann mit dem birnenförmigen Kopf ankamen, herrschte Totenstille, einzig gestört von dem Geräusch laufender Motoren.

»Sie haben den Dreh raus«, meinte der Mann bewundernd. »Im Zivilleben war ich Lehrer an einem schwierigen Gymnasium, Sie würden sich dort gut machen.«

»Danke, legen Sie die drei hier auf die Seite. Mitten auf der Straße werden Sie nur einen Unfall provozieren«, hatte Moktar geantwortet und auf die drei Leichen gezeigt.

Es war spät, und wir hatten noch eine lange Fahrt zurück in die Stadt vor uns. Unter der nachlassenden Spannung merkte ich, wie müde ich war. Mein Nacken, steif wie der Stiel einer Hacke, strahlte einen stechenden Schmerz aus. Die zehn Busse setzten sich in Bewegung und erfüllten die eisige Luft mit Auspuffgasen.

40

Vom Ibis Hotel aus, in dem wir untergebracht waren, konnten wir sehen, wie sich die Technikerteams bemühten, riesige Konstruktionen zu errichten, auf denen das Konzert der Lemonseed stattfinden sollte. Von weitem sah das Ganze aus wie ein Raumschiff auf einem verlassenen Rübenfeld: Stützen, auf denen Scheinwerfer saßen, ragten dreißig oder vierzig Meter in die Höhe, kilometerlange Kabel wanden sich wie riesige Tentakel, Versatzstücke, Lautsprecher, Verstrebungen und Stützen türmten sich nahezu überall, und riesige Leinwände von sechzehn Metern Seitenlänge standen der matschigen Fläche entgegen, auf der sich in weniger als drei Wochen an die zehntausend Soldaten drängen würden.

Am Tag nach der Operation »Armer Spinner« war die Sendung im Fernsehen ausgestrahlt worden. Die Szenen, in denen man Naxos einen Terroristen auf den Boden pressen sah oder einem Kind den Kopf streicheln, wurden von Werbespots und einem Interview mit der Lemonseed unterbrochen, das der chemalige Flieger führte. Die Einschaltquote war, so schien es, wenig zufrieden stellend gewesen. Es war das Gerücht umgegangen, dass sich der ehemalige Flieger und Naxos von den Werbefritzen einen Anschiss eingefangen hatten. Man müsste, hatte man ihnen gesagt, etwas Neues machen, um die Öffentlichkeit zu erregen, man bräuchte eine Mischung aus Liebe, Sex und Skandalen. Schließlich hatte man mir erzählt, dass die Auftraggeber wieder ihre alte Idee von einer Romanze zwischen

Naxos und Caroline hervorgekramt hätten. Auf einmal sahen wir die Sängerin und den Zyprioten Arm in Arm durch die Straßen der Kleinstadt spazieren, in ein paar Metern Abstand gefolgt von einem reduzierten Fernsehteam und einem Fotografen, der den Auftrag hatte, »heimliche Aufnahmen« zu machen, die in den kommenden Tagen in den Boulevardzeitungen abgedruckt werden sollten.

Während die Eifersucht wie ein Stück Phosphor in mir brannte und ich mir allmählich zu sagen begann, dass ich wohl nie wieder die Gelegenheit haben würde, mich dem jungen Mädchen mehr als die erlaubten drei Meter zu nähern, wurde zu meinen Händen ein Fax an den Nachrichtendienst des Hotels geschickt. In runder Schrift stand darauf zu lesen: »Wir würden gerne wissen, wie es Ihrer kleinen Schwester geht. Heute Abend gegen neunzehn Uhr? Danke.« Ich starrte es eine Weile an, während Moktar und Dirk darauf warteten, dass ich etwas sagte, dann steckte ich es in meine Tasche. Der Slowene fragte mich, worum es gehe, ich antwortete, dass die Buchhaltungsabteilung eine Unterschrift für die Auszahlung meines Soldes brauche. An seinem Blick konnte ich klar erkennen, dass er mir nicht glaubte, aber das war mir egal. Ich hatte Lust zu duschen, mir die Haare zu waschen und die Zähne zu putzen. Es war vierzehn Uhr, ich hatte fünf Stunden totzuschlagen. Dirk wollte sich im Kino im Zentrum ein paar Pornos ansehen, und ich überlegte, dass die Zeit so schneller herumginge, und begleitete ihn.

Ich erinnere mich noch an die euphorischen Stunden, in denen weder die eisige Luft in der Stadt noch die Monotonie der VHS-Filme, in denen sich die bleichen Mädchen der Zusammenlegungslager von Soldaten, die Ausgang hatten, ficken ließen, meiner Laune etwas anhaben konnten. Ich nahm ein Amphetamin, Dirk ebenfalls. Er erzählte mir von seinem armseligen Leben, das von armseligen Ereignissen geprägt war, die er in Zucker und Farbstoff verpackte: einem Autounfall, dem Konkurs eines kleinen Ladens, seiner Arbeit als Hilfsarbeiter, seinem Abenteuer mit einer Nutte oder zwei. Ich hörte ihm lächelnd zu, wahrscheinlich hatte ihm noch nie jemand so zugehört, schon gar nicht lächelnd. Schließlich vergingen die Stunden, ich verließ Dirk, gab ihm einen Klaps auf die Schulter – er sah mich wie ein dankbarer Cockerspaniel an, nach dem Motto: »Du und ich auf Leben und Tod« – und machte mich auf den Weg zu Caroline.

41

Der Fernsehsender hatte der jungen Sängerin erneut die schönste Hotelsuite zugeteilt. Ich passierte die Sperren des blonden Legotypen und seiner Schwester, die freundlicher waren als beim ersten Mal. Bestimmt hatten sie entsprechende Anweisungen erhalten. Die Suite war kleiner als die im Holiday Inn, aber heller. Ein riesiges Fenster ging auf eine Terrasse, von der aus man einen Blick auf die Kreuzung von Autobahn und Fernstraße hatte, inmitten von Feldern und ein paar verlassenen landwirtschaftlichen Gebäuden.

Es hatte wieder angefangen zu schneien, mit mehr Nachdruck jetzt. Die Schneeflocken sammelten sich in schnellem, regelmäßigem Tempo an und verwandelten die Landschaft in eine große Tagesdecke aus Leinen, durchbrochen von gräulichen Motiven. Caroline starrte auf die Landschaft und trug ein trauriges Lächeln zur Schau, das ich an ihr nicht kannte.

»Danke, dass Sie gekommen sind. Ich hoffe, es macht Ihnen keine Umstände?«, hatte sie gesagt.

»Nein, wirklich nicht«, hatte ich geantwortet, aber nicht den Mut gehabt, ihr zu sagen, dass es mir eine wahre Freude war, dass sie so schön war wie ein Stück Bergkristall und dass ich mir den kleinen Finger abschneiden würde, um eine Stunde mit ihr zu verbringen. Sie bat mich, Platz zu nehmen, und setzte sich neben mich.

»Es geht mir überhaupt nicht gut, wissen Sie, und ich kann mit niemandem darüber reden. Ich stehe unter Vertrag und wenn ich deprimiert bin, riskiere ich einen Prozess. Aber verstehen Sie, wenn ich mit niemandem darüber spreche, habe ich das Gefühl, als würde ich …«

»Krank werden?«

»Ja, genau. Aber auch das kann ich nicht. Auch das steht in meinem Vertrag. Deshalb unterhalte ich mich mit Ihnen. Ich habe das Gefühl, dass man Ihnen vertrauen kann. Sie haben eine kleine Schwester. Sie lieben sie. Sie haben Liebe zu geben.«

Ich fragte mich, ob ich sie in den Arm nehmen oder etwas Ähnliches machen sollte, wie zum Beispiel eine Hand auf ihre Schulter legen, aber ich traute mich nicht. Ich sagte nur:

»Das stimmt. Das habe ich.« Darauf musste sie lächeln.

»Die Zahlen sind nicht sehr gut, wissen Sie.«

»Die Zahlen?«

»Ich meine die Einschaltquoten. Die Zuschauerzahlen.«

»Das ist vielleicht nur vorübergehend.«

»Das haben wir auch geglaubt, aber sie gehen seit einem Monat gleichmäßig zurück. Niemand spricht darüber, aber so ist es. Sie sind zu allem bereit, um das Steuer herumzureißen. Wenn Sie wüssten, wie viel Geld da hineingesteckt wird.«

»Ich kann es mir denken.«

»O nein! Sie können es sich nicht denken. Es ist wirklich viel. Und auf einmal verlangen sie von mir, dass ich zunehmend Zeit mit Irving verbringe.«

»Ja, wir haben sie spazieren gehen sehen, die Fotografen im Gefolge.«

»Die Fotos sind noch nicht alles. Sie wollen Sex, verstehen Sie. Zensierte Fotos mit kleinen schwarzen Streifen. Sie wollen eine Hochzeit, ein Baby und all so was. Und ich muss die ganze Zeit mit dem Typen verbringen. Ich hatte einen Verlobten, der hat das nicht ertragen. Neulich abends hatte ich ihn am Telefon.

Ich habe versucht, es ihm zu erklären, aber ...« Carolines Stimme erstickte in einem feuchten Laut.

»Sie könnten es ablehnen«, hatte ich einfach gesagt.

»Nein, nein, eben nicht. Der Vertrag räumt ihnen alle Rechte ein. Wenn sie beschließen sollten, mich von fünfzig Soldaten vergewaltigen zu lassen, müsste ich es akzeptieren. Aber das ist nicht das Problem.«

»Sondern?«

»Irving ...«

»Ja?«

»Er hat ... ein Problem.«

»Ein Problem?«

»Ein schwer wiegendes Problem. Sie kennen die Gerüchte, die über ihn im Umlauf sind?«

»Die Sache mit dem Schlächter der Olivenbäume?«

»Ja, die Schlächter-Geschichte.«

»Man hat nie etwas beweisen können. Der Journalist, der die Sache aufgebracht hatte, war sehr dubios.«

»Der Journalist war dubios, aber die Geschichte stimmte trotzdem.«

»Woher wissen Sie das?«

»Er hat es mir gesagt.«

Ich zuckte zusammen.

»Naxos hat Ihnen gesagt, er sei der Schlächter?«

»Ja. Sobald wir zu zweit sind, erzählt er mir all die Geschichten mit den deutschen Touristinnen. Alles, was er ihnen angetan hat. Ich wusste nicht, dass es so etwas wirklich gibt.«

»Aber Sie müssen es erzählen. Den ganzen Leuten vom Fernsehen.«

»Die wissen Bescheid, aber es interessiert sie nicht die Bohne. Ich glaube sogar, dass es ihnen ganz recht ist. Wissen Sie, all das, was er getan hat, die ganzen Schweinereien, die er den Mädchen angetan hat, die sind mir im Grunde egal, jeder hat seine Gründe, das verurteile ich nicht. Das Problem ist, dass es mir Angst macht. Ich kann nicht schlafen, ich sehe total erledigt aus. Und auch das darf ich nicht.«

»Der Vertrag?«

»Ja, der Vertrag.«

Caroline schwieg eine ganze Weile und betrachtete das Schneetreiben. Sie sah hoffnungslos traurig aus. Wie die Ländereien, die uns umgaben, wurde ihr Gehirn von Raureif bedeckt. Sie legte ihren Kopf an meine Schulter.

»Kann ich heute Abend deine kleine Schwester sein?«, fragte sie mich.

Das war nicht ganz das, worauf ich gehofft hatte, aber es war besser als nichts. Wir unterhielten uns stundenlang. Sie erzählte mir von ihrer Kindheit bei ihren Eltern, von ihrer Liebe zu dem Fleischausfahrer, davon, wie sie die Musik entdeckt hatte. Ich fühlte mich gut, mir war alles egal, Jim-Jim, Moktar, Naxos, der Fernseher und der Krieg. Das alles existierte sehr wohl, aber ich sagte mir, wenn Caroline mich jetzt küsste, würde alles hinter einem Vorhang verschwinden, und man könnte so tun, als wenn nichts wäre. Wir würden fliehen und alles denjenigen überlassen, die dies interessierte. Die Zeit verstrich. Die Nacht nistete sich dunkler ein als je zuvor. Caroline küsste mich nicht.

165

42

Alle sahen mich an. Der Chefarzt, der sein Kinn in die rechte Hand stützte, die kleine Studentin auf der Fensterbank, Nikotin mir gegenüber, die beiden Blödmänner im Anzug, die gekommen waren, um mich zu filmen, der junge Referent, das kleine Geschöpf mit den fettigen Haaren, das noch nichts gesagt hatte, und die Frau im strengen Kostüm, die mich soeben aufgefordert hatte zu reden. Einen Moment lang hatte ich das Gefühl, meine Gedanken seien schneller als das Licht, und versuchte, die Lage zu sondieren: Auf der einen Seite schien mir eine gewisse Anzahl von Leuten etwas übel zu nehmen, allen voran Nikotin, ohne dass ich wusste, was es war. Auf der anderen Seite hatte ich während meiner Bewusstlosigkeit in den Augen des einen oder anderen Ministers anscheinend eine Art strategische Bedeutung erlangt, ohne dass mir die näheren Umstände bekannt waren, aber vor allem, und das war das Wichtigste, hatte ich, seit ich aus dem Koma erwacht war, die Gewissheit erlangt, dass meine Lähmung und meine Aphasie mich vor einer unbestimmbaren, aber durchaus schrecklichen Gefahr bewahrten, so dass ich die Tatsache, dass ich die Kontrolle über meine Glieder und meine Sprache wiedererlangt hatte, verheimlichte. Dennoch schien es mir immer offensichtlicher, dass ich das alles nicht mehr sehr lange würde verbergen können, und da ich den beruhigenden Unterton in der Rede der Frau mit dem strengen Kostüm wahrgenommen hatte, hatte ich schließlich auf ihre Frage geantwortet: »Ist schon gut«, hatte ich gesagt, »ich kann sprechen, aber was meine Beweglichkeit angeht, ist sie noch nicht ganz wiederhergestellt. Und heute Morgen, als ich gefallen bin, habe ich mir an den Knien wehgetan.«

Die Frau im Kostüm lächelte breit und drehte sich zu dem jungen Referenten, der ihr ein Zeichen gab.

»Filmen Sie weiter«, hatte sie zu dem Blödmann mit der Kamera gesagt, ohne dass das nötig gewesen wäre, dann hatte sie sich an mich gewandt.

»Unser Minister hat gerne sein eigenes Archiv. Geben Sie ihm die Papiere.«

Das kleine Geschöpf mit den fettigen Haaren, das seit einiger Zeit in Lethargie verfallen zu sein schien, fuhr zusammen und trat näher an mich heran. Es stellte einen Koffer auf das Bett, aus dem es eine Reihe Dokumente herauszog.

»Eine reine Sicherheitsmaßnahme für uns«, hatte es gesagt und mir einen Stift hingehalten. »Sie müssen hier unterschreiben. Und da und noch einmal dort.«

Da ich aussah, als würde ich zögern, fügte es hinzu:

»Mit diesem Dokument erkennen Sie an, dass Sie während Ihres Krankenhausaufenthaltes gut behandelt worden sind, mit diesem erklären Sie, nicht an den eh … Ereignissen beteiligt gewesen zu sein, die die Gruppierungen Ihnen anhängen wollen, Sie verpflichten sich überdies, mit niemandem hierüber zu sprechen und im Rahmen des Möglichen zu vergessen, dass Sie je Regierungsvertreter getroffen haben.«

Ich hatte an den verschiedenen Stellen, die er mir gezeigt hatte, unterschrieben. Dann hatte ich die Frage gestellt, die mir von Anfang an unter den Nägeln gebrannt hatte:

»Was für ›Ereignisse‹ waren das?«

Nach einem Moment der Stille hatte die Frau im strengen Kostüm schließlich gesagt:

»Sie haben Ihr Erinnerungsvermögen also noch nicht voll-

167

ständig wiedererlangt. Ich glaube, es ist Sache des Pflegepersonals, Ihnen dabei behilflich zu sein. Sie werden hier noch ein paar Tage bleiben, bis Sie wieder auf die Füße kommen, diese können Sie nutzen, um all Ihre Fragen zu stellen. Wir müssen jetzt los.«

Die ganzen schrägen Vögel von der Regierung verließen mein Zimmer und ließen mich mit dem Arzt, der Studentin und Nikotin allein. Ich sah sie an, alle drei im weißen Kittel, wie sie sich so aneinander drängten, hätte man meinen können, sie seien eine Entenfamilie, die sich auf den jährlichen Vogelzug vorbereitete.

»Du kümmerst dich um ihn, und dann vergessen wir alles. Ich will nichts mehr davon hören«, hatte der Arzt zu Nikotin gesagt. Er hatte die Studentin zur Tür geschoben, doch bevor sie hinausgingen, sagte ich:

»Sie war diejenige, die gekommen ist, um die Fotos zu machen. Das alles ist ihre Schuld.« Der Arzt war stehen geblieben. Er hatte die junge Frau angeschaut, die ganz blass geworden war, und dann mich angeblickt.

»Das spielt jetzt keine Rolle mehr«, hatte er leise gesagt und mich dann mit Nikotin allein gelassen.

»Was für ›Ereignisse‹ waren das?«, hatte ich sie gefragt.

Sie zog eine Schachtel Zigaretten aus ihrem Kittel und zündete sich eine an. Sie kam herüber und setzte sich auf mein Bett.

»Es stimmt also, Sie erinnern sich an nichts?«

»Nein.«

»Die Kinder? Sie können sich nicht an sie erinnern?«

Als ich zum zweiten Mal mit »Nein« antwortete, tauchte ein undeutliches Bild vor mir auf, das verschwommene und graue Bild eines lang gestreckten Gebäudes, das ich nicht identifizieren konnte.

»Die Kinder«, wiederholte Nikotin nachdenklich und betrachtete ihre brennende Zigarette.

Im Rauch, der langsam zur Decke aufstieg, fand ich in meinem Gedächtnis die neuen Puzzleteile wieder, die großen weichen Ringe erinnerten mich an Moktars aufgelöstes Gesicht, und der Brandgeruch ließ mich an das große Feuer denken, das wir bald entzünden sollten.

43

Moktar, meine große und zärtliche Liebe mit den Kobaltaugen und den hydraulischen Armen, du fehlst mir unendlich.

Ich weiß, dass ich dir gewisse Dinge nicht erzählen dürfte, um dich nicht zu beunruhigen, und dass du voll konzentriert sein musst, um deine Arbeit gut zu machen, und dass das Letzte, was du brauchen kannst, häusliche Sorgen sind, aber wenn ich sie dir nicht erzähle, dann werde ich völlig verrückt, glaube ich. Ich habe das Buch Worte des Herzens *über die Rolle von Gesprächen in der Ehe gelesen, und dort wird erklärt, dass es zu Krebs führen kann, wenn man niemals etwas sagt. Deshalb erzähle ich dir davon, mein Gesundheitszustand verschlechtert sich, ich habe Schwindelanfälle, Ohrenschmerzen, Kopfschmerzen, meine Leber gibt an meinen Organismus mehr Abfälle ab als eine alte russische Chemiefabrik. Wenn du mich sehen könntest! Ich mache mir Angst. Der Arzt hat gesagt, es läge bestimmt am vermehrten Stress dieser letzten Wochen. Das ist sicher wahr. Ich spüre es selbst. Wäre Suzy nicht so schwierig gewesen, würde ich bestimmt besser schlafen. Keine Nachricht seit sechs Tagen, wie kann sie ihrer Umgebung nur so viel Schmerz zufügen. Man müsste wirklich mal mit ihr reden. Ich habe eine DHEA-Kur begonnen. Sie wird mir gut tun, glaube ich, aber sie ist ziemlich teuer. Ich musste Geld von unserem gemeinsamen Konto abheben (wenn du etwas überweisen könntest, wäre es schön). Liebster, um mich zu entspannen, versuche ich mich an unsere erste Zeit zu erinnern: Als ich krank war und du mir Kekse gebracht hast, als wir zum ersten Mal in diesem*

Hotel, in das ich mich geflüchtet hatte, miteinander geschlafen haben …

Ich mache mir Sorgen um dich. Dao Min hat mir erzählt, dass er Enten von Westen nach Osten über den Himmel ziehen sah, »schlechtes Omen«, hat er gesagt, und dass er schreckliche Träume hat, hat er gesagt, in denen du während der Schlacht der Tausend Maiskörner an seiner Seite warst und dir von den Ratten die Augen zerfressen wurden.

Das war's, ich wollte dich nicht beunruhigen, aber ich musste es dir erzählen. Abgesehen davon verfolgen wir alle mit Interesse die Sendung des ehemaligen Fliegers, alle sind stolz auf euch und Naxos. Ich denke oft an die kleine Caroline, ich hoffe, dass es euch schon bald, na, ihr wisst schon, gelingt, damit ihr bald zurückkehren könnt. Ich bin zurzeit ganz allein. Außer bei meinem kleinen täglichen Ausflug ins »Gestrandete Boot« habe ich niemanden, mit dem ich reden kann, und ich finde, niemanden zu haben, mit dem man reden kann, riecht ein bisschen wie der Tod. Deshalb höre ich Radio und sehe fern, wo man immer häufiger Jim-Jim sieht, der ein neues Album herausbringt. Mir gefallen die Lieder. Sie erzählen von Liebe, die vergeht, von Leuten, die sich trennen und wieder zueinander finden. Dann muss ich weinen. Es sieht so aus, als wäre er vom Verkauf her jetzt besser platziert als Caroline. Nun gut …

Versuch dich gesund zu ernähren, meide den Alkohol und die Zigaretten und vor allem, komm bald wieder.

Deine dich liebende Scapone

Moktar hatte den Brief gerade zu Ende gelesen, als Dirk in unserem Hotelzimmer auftauchte, das wir seit dem Morgen nicht verlassen hatten. Ich war im Morgengrauen von meinem Besuch bei Caroline zurückgekehrt. Moktar hatte mich kommen sehen, er hatte mich eine Sekunde lang mit seinem seltsam

171

eisigen Blick fixiert, dann hatte er sich umgedreht. Ich war eingeschlafen, obwohl sich, ähnlich wie bei wildem Wein, ein Glücksgefühl mit vielfachen Verästelungen in meinem Körper ausgebreitet hatte. Am nächsten Morgen hatten wir getan, als wenn nichts wäre. Moktar hatte mir keine Fragen gestellt, er hatte mir erzählt, dass er einen Brief von Frau Scapone erhalten habe, und las ihn mir vor. Ich hatte einen Moment lang den Eindruck, die Dinge würden wieder ihren horizontalen Lauf nehmen, doch bei dem, was auf das Eintreffen dieses Blödmanns von Dirk gefolgt war, hatte ich verstanden, dass dies die verkehrteste Einschätzung war, die ich seit langem gemacht hatte, und dass Moktars Seelenleben, bei all den Wunden, die sich dort seit Jahren geöffnet hatten, ohne dass ihnen jemand die geringste Pflege hatte angedeihen lassen, näher als ich dachte vor der reinsten Verwesung stand.

»Der Bus mit den Nutten ist da«, hatte Dirk gemeint. »Sind 'n paar neue Gesichter dabei. Hübsch und frisch. Kommt mit!«

Aus Neugier folgten wir ihm bis zum Parkplatz.

Der Tag hätte herrlich sein können: Ein klares weißes Licht legte sich über die gefrorene Atmosphäre. Man hatte das Gefühl, sich in einem nagelneuen amerikanischen Kühlschrank zu befinden. Es roch nach Vanille, Reinigungsmitteln und Diesel. Der Boden glänzte wie ein Spiegel und schleuderte uns das alles in die Augen, die wir mit den Händen beschatteten. Vor uns hatte der Bus mit den Nutten seine bunte Fracht ausgeladen: Rund dreißig Mädchen, die versuchten, trotz der polaren Kälte zu lächeln, mit Röcken, die wenige Zentimeter lang waren und die man sie unterwegs hatte anziehen lassen, und das Dutzend Typen, die schon um sie herumschwirrten. Dirk hatte Recht gehabt, als er uns erzählte, dass ein paar hübsche dabei wären, es waren sogar ein paar sehr hübsche dabei, so hübsch, dass ich einen Augenblick lang die kleine Caroline vergaß und ein vages

Lächeln Moktars sorgenvollen Gesichtsausdruck veränderte. Leider verwandelte sich dieses Lächeln in eine fürchterliche Grimasse des Erstaunens, als er unter den verkrampften Gesichtern der Neuankömmlinge Suzy erkannte, seltsam abgemagert, mit dem Gartenschlauch geschminkt. Sie warf uns beiden den verhasstesten Blick zu, den ich jemals gesehen hatte.

44

Einen kurzen Moment lang, während dessen eine Reihe schneller Kondensationswolken seinem offenen Mund entströmte, rührte Moktar sich überhaupt nicht. Dann fragte er leise: »Suzy?«
Dirk kam lächelnd hinter uns her.

»Und, sie sind gut, was? Habt ihr die Dicke gesehen mit ihrem Schlampenmund?«, sagte er und zeigte auf Suzy, die jetzt auf uns zukam.

»Die kommt hierher. Die ist für mich, die ist für mich!«, sagte er.

»Suzy?«, wiederholte Moktar noch einmal leise.

Suzy war jetzt vor uns stehen geblieben. Aus der Nähe sah sie aus wie eine Gestalt aus der skandinavischen Mythologie: Irgendwas zwischen einem Gnom und einem Troll, nur größer und mit Puder und Lippenstift.

»Hallo!«, sagte dieser Blödmann von Dirk.

»HALT 'S MAUL!«, brüllte Moktar und packte ihn am Hals. »Halt 's Maul! Das ist meine Schwester, also halt 's Maul. Wenn du sie anfasst, bring ich dich um, wenn du sie anschaust, bring ich dich um, und auch wenn du nur denkst, du könntest sie anfassen, werd' ich es merken und dich umbringen.« Dirk wurde ganz klein und warf mir einen verzweifelten Blick zu. Ich schüttelte mit einem Ausdruck der Ohnmacht den Kopf.

»Ihr habt mein Leben ruiniert, alle beide«, sagte Suzy zu ihrem Bruder und mir. »Ihr habt meinen Mann umgebracht, weil er euch nicht gefallen hat. Ihr habt mich wochenlang mit dieser alten niederträchtigen Ziege allein gelassen, die einem die ganze Kohle klaut, wenn man nicht da ist, ihr widert mich an, ihr denkt nur an eure miesen Soldatengeschichten und an eure miese Geschichte mit Caroline. Tja, jetzt bin ich hier, um euer Leben zu ruinieren, wie ihr meins ruiniert habt. Ich werde allen erzählen, warum ihr da seid. Ich werde erzählen, dass ihr Caroline Lemonseed umbringen wollt. SIE WOLLEN DIE LEMONSEED UMBRINGEN! SIE WOLLEN DIE LEMONSEED UMBRINGEN!«, hatte Suzy angefangen zu schreien, im Chor mit ihrem Bruder, der zurückbrüllte:

»HÖR JETZT AUF, HÖR AUF!«

Bei dem ganzen Lärm hatte sich um uns ein kleiner Menschenauflauf gebildet. Ich legte Moktar eine Hand auf die Schulter, damit er sich beruhigte. Bei meiner Berührung hörte er auf zu schreien und sah mich an. Auch Suzy war still geworden. Ein Teil ihrer Schminke war verlaufen und hatte ihre roten Wangen mit einer Reihe schwarzer Striche überzogen.

»Du erzählst hier totalen Schwachsinn. Du bist verrückt. Kein Mensch wird dir glauben. Du hast Probleme mit der Psyche. Du kannst erzählen, was du willst, kein Mensch wird dir glauben. Mir glauben hier alle, wer wird schon einer armen ... Nutte etwas glauben«, sagte Moktar, dessen Stimme bei dem entscheidenden Wort zitterte. Suzy dachte einen Moment lang nach, dann stieß sie aus:

»Deswegen kann ich's trotzdem versuchen. Und außerdem bin ich deine Schwester. Wie fühlt sich ein Soldat, wenn seine Schwester für das Regiment die Nutte macht. Die ganzen Männer, die mich ficken werden, ficken dich quasi ein wenig mit, oder? Und wo wird sie dann sein, deine Autorität, wenn einmal alle über mir gewesen sind?« Suzy stieß eine Reihe schriller Laute aus, die sie uns als ein Lachen verkaufen wollte, schien sich dann aber anders zu besinnen und fing an zu heulen.

»Ihr Dreckskerle, ihr verfluchten Dreckskerle …«, sagte sie, stieß ein paar Zuschauer beiseite, die sich um uns versammelt hatten, und ging zurück zum Bus.

»Warte«, bat Moktar. »Tu's nicht. Bitte.« Seine Schwester zuckte mit den Schultern, ohne sich umzudrehen.

Ich half Moktar zurück ins Zimmer. Er war so schwach wie ein Greis in den letzten Zügen. Er wiederholte Sätze auf Slowenisch, die ich nicht verstand, die aber etwas Trauriges wie auch Bedrohliches hatten. Zum Schluss setzte er sich auf sein Bett, das Gesicht in seine großen Affenhände gepresst, und unterdrückte die slowenischen Worte und die Schluchzer, die in ihm hochstiegen. Ich war vor ihm stehen geblieben und hatte nicht gewusst, was tun, dann hatte ich ihm, da er auf dem Bett sitzen blieb, sich nicht mehr rührte und sein Gesicht in den Händen versteckte, eine Hand auf die Schulter gelegt.

»Ist nicht so schlimm, ist nicht so schlimm …«, hatte ich einfach nur gesagt.

Er hatte zu mir aufgeblickt. Er war unglaublich rot. Seine Augen waren so dick wie genmanipulierte Litschis.

»Wie kannst du sagen, ›ist nicht so schlimm‹? Wie kannst du nur? Ist dir klar, dass wir einzig und allein wegen deiner Dummheiten hier sind, wegen deiner lächerlichen Unfähigkeit, eine Mission zu Ende zu bringen, deiner Unfähigkeit, dich im Griff zu haben, deiner Unfähigkeit, eine Entscheidung zu treffen? Wie kannst du dann sagen: ›Ist nicht so schlimm‹? Ist dir klar, dass wieder einmal ich derjenige bin, der alles tun muss, um uns hier rauszuholen? Sind dir die anderen so egal? Ist dir klar, dass, wenn nicht ich sie umbringe, die kleine Caroline, es kein Mensch tun wird? Es ist das Letzte, was ich für dich tun werde. Danach sind meine Rechnungen beglichen, meinst du nicht auch? Danach sind wir wieder quitt! Du hast mir mit ›Erbse‹ Roberts geholfen, ich helfe dir mit der Sängerin. Aber dann gehe ich nach Hause und kümmere mich um meine Familie, verstehst du? Und sag nie wieder: ›Ist nicht so schlimm‹. Du hast keine Schwester, du hast keine Familie. In meinem Land sagt man, dass Menschen ohne Familie tote Menschen sind. Du bist ein Toter, mein Lieber. Du tust mir Leid. Du weißt nicht, was Liebe ist, du weißt nicht, was Leben ist, du weißt nicht, was Geben ist, in meinen Augen bist du mehr als tot, du bist ein toter Schädling. Jetzt verzieh dich, ich will, dass du mich allein lässt, ich muss allein nachdenken, also verzieh dich.«

Erschlagen von der Tirade des slowenischen Offiziers und entsetzt über seinen Plan, Caroline umzubringen, hatte ich das Zimmer verlassen. Im ersten Augenblick wollte ich zurückgehen und ihm sagen, dass wir es lassen sollten, dass wir niemanden umbringen sollten, dann dachte ich, dass das nicht der Moment war, dass er wie ein Laster war, der mit Höchstgeschwindigkeit über die Autobahn raste und den nichts mehr aufhielt. Und ich war gegangen. Draußen blendete mich das Licht. Der ganze Schnee der letzten Nacht war von den Technikern an die Mauer geschoben worden und erhob sich dort wie eine schmutzig graue Gebirgskette. Der völlig leere Bus der Nutten parkte in einer Ecke. Auf dem Hotelparkplatz war kein Mensch. Vermutlich wurde auf allen Stockwerken gevögelt. Ich überlegte, ob Dirk am Ende wohl den Mut gehabt hatte, Suzy abzuschleppen, dann stellte ich fest, dass es mir egal war. Ganz bestimmt hatte Moktar Recht: Ich hatte kein Herz, ich war ein toter Mann.

45

An den folgenden Tagen sah ich Moktar kaum, er kam spät nach Hause, meistens lange, nachdem ich eingeschlafen war, und stand in aller Herrgottsfrühe auf. Ich hatte anfangs Angst, er würde etwas gegen Caroline unternehmen, aber Dirk erzählte mir, der Slowene würde seine Zeit damit verbringen, über die Felder in der Umgebung der Stadt zu laufen und dem Schnee, den Bäumen, den Wolken und den wild wachsenden Gräsern die Leidensgeschichte seines Lebens zu erzählen. Vermutlich suchte Moktar in der Art kranker Tiere, die instinktiv fressen, was ihnen gut tut, in diesen langen einsamen Stunden nach etwas, was seinem verwundeten Gemüt Linderung schenkte. Dirk hatte am Anfang ziemlich an mir geklebt, vermutlich dachte er, dass es, nachdem mein Verhältnis zu Moktar etwas abgekühlt war, einen Platz einzunehmen gab. Ich glaube, ich habe seinen Erwartungen nicht entsprochen, ich muss kalt und abweisend gewesen sein, denn schließlich hängte er sich an eine Truppe zwielichtiger Soldaten der regulären Armee, die die meiste Zeit damit verbrachten, Polaroidaufnahmen toter Mädchen zu verscheuern, um sich Schnaps und Zigaretten kaufen zu können.

Mir selbst überlassen, ohne einen Menschen, mit dem ich reden konnte, wurden meine Gedanken düster und bitter. Im Fernsehen hatten sie mehrmals Bilder von Caroline und Naxos gezeigt, wie sie durch die Straßen spazierten, zusammen in einem kleinen ruhigen Restaurant saßen und lachend Hummer aßen. In einem Interview erklärte die Sängerin, noch nie so glücklich gewesen zu sein, aber sie wünsche jetzt, von den Journalisten ein wenig Privatsphäre zugestanden zu bekommen.

»Und die Gerüchte hinsichtlich eines Verhältnisses mit Irving Naxos?«

»Gerüchte sind Gerüchte«, sagte sie. »Warum interessiert man sich so sehr dafür? Wir sind Menschen wie alle anderen.«

Man erzählte ihr daraufhin, dass sie in diesem Laden oder bei dieser Feier oder in jenem Restaurant gesehen worden sei, wo sie lachend mit dem Chef des »Herbstregens« Hummer gegessen habe. Als Antwort setzte sie einen Gesichtsausdruck auf, den sie stundenlang mit den PR-Beratern trainiert haben musste: ein wenig genervt, ein wenig belustigt, ein wenig »gutwillig« und sagte, ja, es stimme, sie würden sich zur Zeit häufig sehen, sie beide, sie wären sich sehr nahe, er sei ein außergewöhnlicher Mann, das könne man sich nicht vorstellen, er habe »so ein großes« Herz, es sei aber wirklich nicht mehr zwischen ihnen als eine große Verbundenheit, wir würden doch nicht mehr im Mittelalter leben, denke sie, und ihrer Meinung nach müssten sich ein Mann und eine Frau sehen können, ohne dass die ganze Stadt darüber spricht. Der Moderator lachte, sie lachte ihr superprofessionelles Lachen, das etwas von einem exotischen Vögelchen hatte. Dann wurden »die berühmten Bilder von ihrem Kuss« gezeigt, sehr unscharf, sehr dunkel, aus großer Entfernung aufgenommen. Caroline regte sich ein wenig auf, sagte, man hätte ihr die Frage schon einmal gestellt, es sei eine fürchterliche Einmischung in ihr Privatleben, die Fotos würden überhaupt nichts besagen, der Kuss sei auf die Wange erfolgt und nicht auf den Mund. Um alles ein wenig herunterzuspielen, zeigte der Moderator daraufhin die Bilder aus dem neuen Album der Caroline Lemonseed, dem die Produzenten bewusst den Titel »Gemeinsame Liebe« gegeben hatten.

Trotz alledem, trotz der Romanze mit dem Soldaten, trotz der Fotos, trotz des neuen Albums, trotz der Sendungen und der »Best of« schrumpften die Einschaltquoten zusehends, vergleichbar einem Äthertropfen auf einer Kochplatte aus Glaskeramik. Es ging das Gerücht, dass der ehemalige Flieger, zum Moderator recycelt, wahnsinnig wurde, dass er wie besessen nach einer Lösung suchte, dass die Werbefritzen ihn enorm unter Druck setzten, dass man damit drohte, seinen Vertrag ohne Entschädigung zu brechen, und dass man sein Haus in der Villengegend beschlagnahmen wollte. Im Gegenzug aß er nicht mehr, schlief nicht mehr, schrie von morgens bis abends seine Mitarbeiter an und schob ihnen die Schuld in die Schuhe. Er wurde zu einem ungerechten Dreckskerl.

Etwa zwei Wochen nachdem der Bus mit den Nutten gekommen war, das heißt ungefähr zwei Monate vor Carolines Konzert, hielt unter den Fenstern des Ibis Hotels der riesige dunkle Schlitten mit Juan Raul Jiminez am Steuer. Ich traute meinen Augen nicht, als ich nach dem Koloss Moses Ben Aaron den kleinen Japaner von Sony Music und, eingehüllt in einen großen Kamelhaarmantel, Jim-Jim Slater aussteigen sah, in dessen Gesicht ein ewiges Lächeln eingebrannt war.

46

Meine Rehabilitation verläuft eigentlich ziemlich gut. Dank Nikotins Bemühungen kann ich jetzt schon aufstehen und mich ein paar Minuten lang aufrecht halten. Es ist etwas Langwieriges und Mühseliges, nach Monaten der Bewegungslosigkeit im ganzen Körper Muskelaufbau zu betreiben; man kann sich nicht vorstellen, wie viele Muskeln man hat, wie viele spezifische Bewegungen diese ausführen und wie viele potenzielle Schmerzen sie verursachen können. Wenn man sich im Bett aufrichtet, arbeiten zuerst die Bauchmuskeln, ein reißender Schmerz, dann die Halsmuskeln, ein stechender Schmerz wie von lauter Nadelspitzen, dann die Schulter- und Rückenmuskulatur, ein glühender Schmerz, der nach allen Seiten ausstrahlt. Wenn man isst, arbeiten zuerst die Trapezmuskeln und die Kiefermuskulatur, wenn man ein Wasserglas vom Tisch hochhebt, arbeiten der Bizeps, der Trizeps, der Deltamuskel, die Trapezmuskeln und die Unterarmmuskulatur, ein quälender Schmerz wie von einem Hundegebiss verursacht. Am schlimmsten ist es natürlich beim Laufen, einer Aktivität, bei der alle Muskeln gleichzeitig gefordert sind, von den winzigen Muskeln an den Füßen bis zu den großen Rückenmuskeln, sie sorgen für eine schmerzhafte Sinfonie aus Nadelspitzen, Glut und Gebiss.

Nikotin spricht nicht mehr mit mir, sie hatte mir die Geschichte mit den Kindern erzählt, aber außer dem Bild von dem langen grauen Gebäude erinnerte ich mich an nichts. Sie sah nicht so aus, als würde sie mir glauben, übrigens habe ich ihre

Geschichte auch nicht wirklich geglaubt. Der Chefarzt kommt nicht mehr vorbei, auch die kleine Medizinstudentin nicht. Ich habe mich dabei ertappt, wie ich nach der Aufregung der letzten Tage mit mir selbst sprach: Mir jetzt auf diese Weise selbst überlassen zu sein, bekommt mir nicht. Meine Gedanken stecken in einem schwarzen und widerlichen Gewässer fest.

Jemand hat auf die Platte am Fußende von meinem Bett einen Fernseher gestellt. Nikotin hat mir erzählt, dass das Krankenhaus aufgrund der enormen finanziellen Zuwendungen seitens der Werbefritzen dazu verpflichtet sei, die Kranken wie die Leute draußen alle Sendungen samt Werbung sehen zu lassen. Ich sehe jeden Tag stundenlang fern: Auf dem Kabelkanal ist nicht mehr vom Krieg die Rede, dessen Senderechte an einen kleinen Konkurrenzsender verkauft wurden, der bis dato auf den kulinarischen Bereich und Tiersendungen spezialisiert gewesen war. Wohingegen Tag für Tag die Wettkämpfe der Interdisziplinären Begegnungen ausgestrahlt und vom nicht klein zu kriegenden ehemaligen Flieger und jetzigen Moderator kommentiert wurden, unterbrochen nur vom salbungsvollen Gesäusel des Jim-Jim Slater. Keine Caroline. Ich habe immer noch ein paar Gedächtnislücken und außer den Bildern, die mich von Anfang an verfolgt haben, weiß ich noch nicht, was sich tatsächlich im März 1978 inmitten der Schüsse und Explosionen ereignet hat. So wie das Bild von dem langen grauen Gebäude, obwohl es seit Tagen ständig in meinen Träumen wiederkehrt, in mir nur die Erinnerung an ein vages Unbehagen weckt, das ich nicht zu identifizieren vermag.

Ich stehe auf. Der Schmerz grollt, ich gehe zum Fenster. Die Sicht ist nicht überwältigend: ein paar Häuserwände, Fenster mit vorgezogenen Gardinen und sieben oder acht Stockwerke weiter unten ein Hinterhof, auf dem nebeneinander riesige grüne Müllcontainer stehen. Eine Tür führt in einen Technikraum, in dem organische Abfälle verbrannt werden. Ich sehe häufig Männer in Kitteln hineingehen, die kleine Wagen mit Plastiksäcken vor sich herschieben, die aus den Operationssälen kommen und schmutzige Mullbinden, Kompressen, Schläuche und Katheter zum Einmalgebrauch und mit Sicherheit auch das eine oder andere kranke Organ, das von einem Chirurgen operativ entfernt worden ist, enthalten. Ich sehe, wie der Rauch zu einem wunderschönen Septemberhimmel aufsteigt, ein Windstoß treibt ein paar Rußpartikel an mein Fenster. Der Geruch ist seltsam: der einer Teflonpfanne, auf der man etwas hat anbrennen lassen. Nikotin kommt in mein Zimmer, ihre kleine tägliche Visite.

Als ich mich umdrehe, muss ich das Gesicht eines Menschen haben, der eben gerade einen schweren Autounfall miterlebt hat. Ich habe angefangen zu zittern, hatte eisige Schweißperlen auf der Stirn. Mit einem Mal erinnerte ich mich an alles.

47

Die Ankunft von Jim-Jim und seiner Truppe von Missgeburten hatte mich einen Augenblick lang in wahre Panik versetzt, war ich doch der Meinung, er käme meinetwegen. Ich hatte mich wartend aufs Bett gesetzt, gegenüber der Zimmertür, gespannt wie ein Bogen. Mein Herz klopfte mit dumpfen Schlägen gegen die Brust.

Nachdem ich zehn Minuten gewartet hatte, streckte ich den Kopf in den leeren Korridor und beschloss, zum Hoteleingang zu gehen, wo ein glatzköpfiger Soldat neben einem Stapel Motorsport-Zeitschriften vor sich hin döste, und nachzusehen.

»Er hat sich mit dem Fernsehmoderator getroffen. Er hatte einen Termin«, sagte mir der Glatzköpfige und räkelte sich.

Ich begriff nicht sofort die Tragweite dieser Nachricht. Ich überlegte nur, dass Jim-Jim bei dem zunehmenden Erfolg, den er hatte, als Lockvogel für den Sender, der den Gerüchten zufolge Opfer beunruhigend sinkender Einschaltquoten zu sein, erneut von Interesse war. Es war keine kommerzielle Katastrophe, man war weit von einem etwaigen Konkurs entfernt, der Sender war nicht einmal defizitär, aber nach Ansicht der Spezialisten war dies lediglich auf die verzögerte Wirkung der zwei oder drei sehr guten vorausgegangenen Jahre zurückzuführen, das laufende Jahr riskierte, deutlich weniger günstig auszufallen. Andere Sender erreichten ihre Haushalte, boten Sendungen, die immer besser liefen, zu sehr konkurrenzfähigen Preisen an, banden ein Publikum an sich, das täglich wuchs, schlossen interessante Verträge ab mit Gruppen, die die Logik der Werbung bisher stets verschmäht hatten. Die Werbefritzen und die Verantwortlichen des Kabelsenders wurden nervös, hieß es, verkrampften sich bei der Vorstellung, dass die Erosion eine klare und präzise Ursache hatte, verätzten sich jedes Mal, wenn ein Abonnent kündigte, den Magen mit literweise Magensaft, und weinten schließlich fast bei der Vorstellung, nur mehr die zweite Garde in der audiovisuellen Landschaft zu bilden, die sie so lange mit einem Platz besetzt hatten, der ebenso beneidenswert war wie der des Mont Blanc in den Alpen.

Ich hatte Moktar gesucht, um ihm mitzuteilen, dass der Sänger und seine Kumpel da waren, aber man sagte mir, dass er rausgegangen sei, wie er es seit der Ankunft seiner Schwester gerne tat, dass er sich in Gott weiß welchem Wäldchen aufhalte, um mit dem Schnee, den Bäumen und den Wolken zu reden. Ich war in mein Zimmer zurückgekehrt und hatte mich vor die Glotze gehängt. Die Stunden vergingen. Mit dem Abend kam ein brutaler Nordwind, beladen mit Schnee und Eis. Wenn man aus dem Fenster sah und die Flocken in voller Fahrt und mit dem Geräusch eines elektrischen Motors vorbeifliegen sah, hatte man den Eindruck, in einem riesigen Mixer eingeschlossen zu sein. Nach Stunden vor der Glotze waren meine Augen ausgetrocknet wie Papier. In meinem Kopf bearbeitete jemand mein Gehirn mit einem Schweißbrenner. Es klopfte an der Tür.

Als Moses Ben Aaron mein Zimmer betrat, unmittelbar gefolgt von Juan Raul Jiminez, der prähistorischer schien denn je, war ich sicher, dass sie gekommen waren, um mich totzuschlagen. Ich konnte nicht fliehen, ich konnte mich für die Verzögerung in der Ausführung meiner Aufgabe nicht überzeugend rechtfertigen, und wurde plötzlich, wie bei einem Fieberanfall, von einer großen Müdigkeit übermannt, die man gegenüber unausweichlichen Prüfungen empfindet. Ich setzte mich auf mein Bett und wartete auf die Schläge.

Moses lachte das kurze schmierige Lachen eines Meerungeheuers. Er ließ Juan Raul an der Tür stehen und setzte sich neben mich.

»He, Alter, man kann wirklich nicht auf dich zählen. Man bittet dich um einen Gefallen, und du bist nicht einmal imstande, ihn auszuführen. Die Einstellung verstehe ich nicht. Du hast eine Schuld und hättest alles dransetzen müssen, um sie abzugelten. Oder irre ich mich?«

»Nein. Es tut mir Leid«, sagte ich und versuchte den Tonfall eines armseligen Hündchens anzunehmen. Ihr Mitleid zu erregen war die einzige Verteidigungsstrategie, die mir geblieben war.

»Du hast ihr die Zähne eingeschlagen!«

»Es tut mir Leid«, hatte ich wiederholt.

»Aber okay. Die Zeiten ändern sich. Du hast bestimmt gehört, dass es bei Jim-Jim in letzter Zeit richtig brummt.«

»Das habe ich gehört.«

»Eine wahre Auferstehung von den Toten. Er kommt von weither zurück. Zwischendurch habe ich sogar geglaubt, er sei tot. Er schien zu leben, aber ich hätte schwören können, er sei tot. Da ist dieses Ding in den Augen, so ein kleiner Schimmer, weißt du, na ja, bei ihm war der Schimmer verschwunden. Zum Glück haben Juan und ich uns gut um ihn gekümmert, wir haben wochenlang Papa und Mama gespielt, wir haben ihn davon abgehalten, sich zugrunde zu richten, wir haben das eine Atom an Willenskraft mobilisiert, das ihm noch geblieben war. Wir sagten zu ihm: ›Mach schon, Atom, nur Mut, wir wissen, dass du noch da bist, du schaffst es.‹ Und das Atom hat gesiegt, wie ein tapferer kleiner Soldat. Anfangs war es allein, dann waren es zwei Atome, dann hundert, dann tausend, dann kam eines schönen Morgens Jim-Jim zu uns – weißt du noch, Juan? – und sagte: ›Wir werden ein Album machen, das die Tapeten von den Wänden reißt‹ – weißt du noch, Juan?: ›Die Tapeten von den Wänden reißt‹. Und weißt du, was passiert ist?« Ich schüttelte den Kopf, konnte seiner Rede nicht ganz folgen. Moses sprach weiter:

»Der kleine Schimmer in seinen Augen war zurückgekehrt.« Er schwieg, sein eines Auge schien sich in einer Reihe herrlicher Erinnerungen zu ergehen. Dann fuhr er fort:

»Jim-Jim hat überlegt, dass das alles, die Atome, der Schimmer, vielleicht von Gott kämen, der ihm eine Chance gab. Glaubst du an Gott?«

»Ich weiß nicht«, hatte ich geantwortet.

»Wenn du es nicht weißt, dann glaubst du nicht. Jim-Jim aber weiß es. Und er weiß, was Gott gesagt hat. Gott hat gesagt: ›Man muss vergeben.‹ Für Jim-Jim ist Vergebung seine Art, Gott täglich zu danken, und weißt du was?«

Noch einmal schüttelte ich den Kopf.

»Jim-Jim hat beschlossen, dir die Sache mit seiner Frau zu vergeben: die eingeschlagenen Zähne und alles. Und Jim-Jim hat überlegt, dass auch die kleine Caroline eine alte Geschichte ist, die er in die hinterste Schrankecke packen könnte, dass er einen Schlussstrich darunter ziehen könnte, er könnte ihr jetzt sogar zu Hilfe eilen, wo der Wind für sie gedreht hat. Ich bin also hier, um mit dir zu reden: Um dir zu sagen, dass wir nichts mehr von dir verlangen, und auch, weil Jim-Jim uns darum gebeten hat, dir zu sagen, dass wir uns für den Vietnamesen entschuldigen, mit dem dein Kumpel Mah-Jongg gespielt hat. Das waren üble Geschichten in einer üblen Zeit, ist es nicht so? Gut, das war's, das wollten wir dir sagen. Also, nichts für ungut?«

Er stand wieder auf, streckte mir die Hand hin, die ich drückte und erstaunlich hart fand für einen Mann von seiner Statur, und ging aus dem Zimmer, gefolgt von der Gestalt des großen Huftiers Juan Raul Jiminez. Als ich wieder allein war, stieg mir ein seltsames Schwindelgefühl in den Kopf. Ich war an nichts mehr gebunden, ich schuldete niemandem mehr was, ich war frei, und Caroline würde leben.

Draußen, in der undurchdringlichen Nacht, mischte der Winter die Flocken heftiger denn je. Moktar war noch immer nicht zurück.

48

Bald lassen sie mich gehen, glaube ich. Die bevorstehende Erweiterung meines Universums und ihre Konsequenzen beunruhigen mich ein wenig. Ich habe, ehrlich gesagt, überhaupt keine Lust, freizukommen. Ich kann mit einer Freiheit, mit der ich nie gelernt habe umzugehen, nichts anfangen.

Nikotin verlässt fast nicht mehr mein Zimmer, und die Neuigkeiten, mit denen sie aufwarten kann, sind nicht sehr gut: Ich habe nichts mehr. Schlimmer noch, meine Schulden haben sich hinter meinem Rücken vermehrt wie eine Rattenkolonie, die in einem verfallenen Haus gedeiht. Die Wohnung, die ich vor der ganzen Geschichte bewohnt hatte, wurde letztendlich wieder vermietet, aber während ich hier war, wurde dem Besitzer keinerlei Miete überwiesen, aus gutem Grund ... Ich schulde ihm drei Monate, plus Nebenkosten, plus Zulage für die Weitervermietung, plus einer Reihe von Auslagen, die die zu horrenden Preisen ausgeführten Renovierungsarbeiten mit sich gebracht hatten, die mir aufgrund einer unverständlichen Vertragsklausel aufgebürdet wurden. Auch muss ich unter Strafandrohung eine gewisse Anzahl Wasser-, Strom und Versicherungsrechnungen übernehmen. Alles, was ich während der guten Zeiten mit Moktar auf meinem Sparkonto deponiert hatte, war beschlagnahmt worden, um die Kosten für meinen langen Aufenthalt in diesem Krankenhaus zu decken. Unter diesen Umständen frage ich mich, wozu die Freiheit gut sein sollte.

Ich habe keine Freunde mehr. Seit dem Tag, an dem ich in

diesem verfluchten Krankenzimmer gelandet bin, hat Frau Scapone, die mich für alles verantwortlich macht, die Gruppierungen aufgehetzt und ihnen all die widerlichen Sachen aufgetischt, auf die sie so versessen sind. Die Gruppierungen, großzügig unterstützt von einem Privatsender, der aus humanitären Belangen Kapital schlägt, haben sich auf die Geschichten gestürzt wie ein Rudel herrenloser Hunde auf einen mitten auf der Straße liegenden Kalbsbraten. Das freute die Werbefritzen des humanitären Senders und kotzte die Werbefritzen meines guten alten Kabelsenders an: Es ist das alte Spiel vom Spaß der einen und dem Ärger der anderen. Und die beiden Parteien trieben ihr Spiel miteinander, indem sie mein Gesicht und meinen Namen den ganzen Tag lang über die Bildschirme laufen ließen, begleitet von der Geschichte mit den Bussen und den Kindern. Am witzigsten ist, dass im Grunde sowohl das Gesicht wie auch die Geschichten keinen Menschen interessierten. Aber gemäß der ewig gültigen Regel, wonach die Dinge richtig aufgebauscht gehörten, und infolge des exzellenten Medienplans des humanitären Senders und seiner Werbefritzen war ich zum schwärzesten aller schwarzen Schafe der ganzen Stadt geworden. Moktar tot, Suzy tot, Frau Scapone verärgert. Dao Min, der sich weigerte, am Telefon mit mir zu sprechen, Schulden bis zur Schädeldecke: Was war sie schön, meine Zukunft.

Im Gehen hatte Nikotin mir ein paar vom Arzt verordnete Schmerztabletten dagelassen. Sie haben eine angenehme Wirkung auf mich, vermitteln mir das Gefühl, mich in einer seidenweichen Wattekugel zu befinden. Ich überlegte, dass die Dinge auch anders hätten verlaufen können, bis zum Schluss. Zum Beispiel, wenn ich es geschafft hätte, Moktar zu beruhigen, wenn ich es geschafft hätte, ihn in der Nacht und der Kälte nach Moses Ben Aarons Besuch zu finden und wenn ich ihn in die Arme geschlossen und ihm gesagt hätte: »Mein Freund, mach dir keine Sorgen wegen deiner Schwester, wir werden eine Lösung finden, im Grunde liebt sie dich, ihre Liebe ist nicht unbedingt die richtige, aber sie liebt dich, und ich liebe dich auch, komm, hauen wir ab, gehen wir nach Hause und lassen alles sausen.« Aber natürlich habe ich das nicht gesagt, ich habe gar nichts zu ihm gesagt, war in jener Nacht allein in meinem Zimmer geblieben und hatte dem Wind gelauscht, der die Fenster klappern ließ. Erst am frühen Morgen hatte ein Wachposten, der zum Pinkeln hinter den Schuppen gegangen war, Suzys Leiche gefunden, eine dicke Masse aus grauem, mit blauen Flecken übersätem Fleisch, in fötaler Haltung im Schnee zusammengekauert, die Nuttenkleider kreisförmig um sich herum verstreut, traurig wie eine Gruppe Waisenkinder auf Klassenfahrt.

49

Moktar war bereits informiert worden, und ich fand ihn neben der entblößten Leiche seiner Schwester stehend, umgeben von zwei oder drei Neugierigen, die ihm auf den Rücken klopften, ohne dass er dies wahrzunehmen schien. Er hatte nichts zu mir gesagt, er hatte mich nicht angeschaut, er hatte die Kleider seiner Schwester eingesammelt, sie in einen Beutel gesteckt und dann, ohne sich an jemand Bestimmtes zu wenden, darum gebeten, dass man sie zudecke. Einer der Typen war losgerannt und mit einer geblümten Wachstischdecke aus dem Speisesaal wiedergekehrt. Der Anblick war fast lustig.

Dank eines Zeugen, der beobachtet hatte, wie sie zusammen mit Suzy die Bar verlassen hatten, waren die fünf Schuldigen schnell gefunden worden. Im Bewusstsein, dass das Leugnen des Offenkundigen ihnen mehr Scherereien einbringen würde als umgekehrt, hatten sie auch gestanden. Dirk erzählte uns also, wie er und seine vier neuen Freunde, die mit Polaroidbildern von toten Mädchen und Videofilmen von vergewaltigten Flüchtlingen handelten, Suzy schon stockbesoffen auf Kundenfang in der Bar angetroffen hatten. Auch sie waren besoffen gewesen. Sie hatten am Nachmittag einen Film gedreht und die Kassette verkauft. So war es gekommen, dass sie mit Suzy getrunken und »reichlich Spaß gehabt« hatten, wie die fünf Typen behaupteten. Suzys Tag sei nicht gut gewesen, hatte diese ihnen gesagt, und sie hatte ihnen einen Gruppenpreis für alle fünf gemacht, wie für eine Führung, ein seltsames Angebot. Sie hatten weiter gelacht und weiter getrunken. Dann hatte einer der fünf, wir erfuhren nie, welcher, gesagt, dass sie mit der Führung einverstanden wären. Suzy sagte, sie würden es in einem Zimmer machen, das sie nicht weit weg gemietet hatte, und sie hatten alle die Bar verlassen, Suzy vorweg, und hatten viel gelacht, erregt von dem Film, den sie gedreht hatten, und erregt von dem dicken Hintern, den Suzy vor ihren Augen hin und her bewegte. Sie waren Suzy durch die kleinen zugefrorenen Gassen gefolgt, dann war sie nach einer Weile stehen geblieben und hatte angefangen zu weinen. Sie erinnerte sich nicht mehr daran, wo sich die Wohnung befand, die sie gemietet hatte, sie war erst einmal am Nachmittag dort gewesen, um ihre Sachen abzustellen und für die Woche zu bezahlen. Das, behaupteten die fünf Typen, habe sie genervt. Einer habe gesagt, dass gar kein Zimmer nötig sei. Suzy habe geantwortet, »kein Zimmer, keine Führung«. Sie waren noch genervter gewesen und hatten angefangen, sie hinter den Schuppen zu drängen. Als sie wiederholte »kein Zimmer, keine Führung«, hatte einer der Typen, wir haben nie erfahren, welcher, angefangen, auf sie einzuschlagen, gefolgt von den vier anderen, bis sie schließlich hingefallen sei, plumps, lautlos in den Schnee. Die Typen hatten weiterhin auf sie eingeschlagen, einfach so, »ohne genau zu wissen, warum«, und hatten ihr die Kleider vom Leib gerissen. Als sie erst einmal nackt war und das Bewusstsein verloren hatte, wurde den Typen klar, dass es zu kalt war und sie zu besoffen, um irgendjemanden zu vögeln, und einer von ihnen, wir erfuhren nie, welcher, hatte die Polaroidkamera gezückt, die der Gruppe gehörte, und Fotos gemacht.

Ich hatte die Fotos gesehen, sie waren schlecht, sie waren traurig, aber Moktar, der die Vorstellung nicht ertrug, dass sie unter den Soldaten zirkulierten, hatte sie gekauft, um sie zu verbrennen. Dirk und die vier anderen Typen hatten einen

Verweis bekommen, sie hatten Moktar die Hand geben, sich entschuldigen und bereit erklären müssen, die Kosten für die Überführung des Leichnams in die Stadt zu übernehmen. Es war nicht zu sehen gewesen, aber die wenigen geistigen Strukturen, die noch stabil waren und sich mühsam im Verstand des Slowenen hielten, waren innerhalb eines Vormittags wie eine Reihe von einem heftigen Windstoß erfasster Kartenhäuser in sich zusammengefallen. Moktar lief noch weitere fünf Tage auf Reserve, während derer er Hände schüttelte, Beileidsbekundungen entgegennahm und aus der Ferne die Beerdigung seiner Schwester organisierte. Aber für ihn war alles gelaufen, die fünf Tage, die ihm noch zum Leben blieben, waren wie fünf leere Gefängnisse, kalt, ohne Licht und mit der Trauer und einer Armee von Gespenstern als einzigen Kameraden.

50

Moktar, Liebster,

mein herzlichstes Beileid und das von Dao Min, der über die Nachricht erschüttert war, wie er sagte. *Der Leichnam deiner Schwester ist mit dem Lastwagen hierher gelangt und in Erwartung der Beerdigung in die Leichenhalle des Militärkrankenhauses gebracht worden, wo er auf deine Rückkehr warten kann. Das war die gute Nachricht.*

Die schlechte ist, dass die Kosten für das Ganze höher ausfallen werden, wenn du auf einem Begräbnis mit militärischen Ehren bestehen solltest. Im Übrigen versteht kein Mensch, warum sie ein Anrecht auf diese Ehrenbezeigungen haben sollte, wo sie keinen Unterschied zwischen einer Granate und einem Manschettenknopf gemacht hat. Aber nun ja, darüber streite ich nicht, es ist schließlich dein Geld.

Abgesehen davon warte ich auf Nachricht von dir, du hast auf meinen letzten Brief nicht geantwortet, was ich nicht nett finde. Darin hatte ich schließlich Probleme angeschnitten, um die ich mich allein kümmern musste, die uns aber beide angehen. Ich bin schon immer der Ansicht gewesen, dass eine Ehe nach dem Prinzip des Gebens und Nehmens funktioniert und nicht eine Einbahnstraße ist, in der einer bis zur Erschöpfung gibt, ohne je etwas zurückzubekommen. Auch ich, mein Geliebter, brauche Aufmerksamkeit und Beachtung. So sind die Frauen. Ich will dich nicht damit belästigen, während du unterwegs bist und versuchst, am Leben zu bleiben, aber ich hoffe, du verstehst, was ich dir sagen will. Lass bitte in jedem Fall von dir hören.

Deine Scapone, der du fehlst.

Seit Suzys Tod hatte Moktar nicht mehr mit mir gesprochen. Wenn wir uns begegneten, tat er völlig abwesend und fixierte einen Punkt weit hinter mir. Ich hatte natürlich versucht, ihm von meiner Begegnung mit Moses und Juan Raul zu erzählen, davon, dass sich unser Ziel in Luft aufgelöst hatte, dass es keinen Grund mehr für unsere Anwesenheit hier gab, aber er hatte nicht reagiert. Meine Worte waren lästige Insekten, die er mit dem Handrücken verscheuchte. Ich verstand ihn nicht mehr, seine Handlungen schienen obskuren Gesetzen der Thermodynamik zu gehorchen, kraft deren die Bewegungen kein Ende nehmen konnten, wenn nicht die anfängliche Energie vollkommen aufgebraucht war. Kurzum, der Mann, der mein bester Freund gewesen war, lief einfach weiter.

Also war ich zum einen in Sorge, zum anderen voller Hoffnung, Caroline wieder zu sehen, deren Namen in Times New Roman in meinem Herzen eingraviert war, und um die Zeit totzuschlagen sowie aus der Gewohnheit heraus, jemandem zu folgen, beim »Herbstregen« geblieben und hatte dieses idiotische Verhalten mit einer Geisteshaltung in der Art von »Ob ich das hier mache oder was anderes, wo ist der Unterschied?« gerechtfertigt. Wenn ich mir heute die ganze Geschichte anschaue, denke ich, dass unter meinen Vorfahren Nacktschnecken gewesen sein müssen.

Im Kalender befanden wir uns zwischen Weihnachten und Neujahr. Alle Fernsehsender fingen an, sich nervös mit der Planung der Feiertagsprogramme zu befassen. Jeder hatte seine eigene originelle Idee, mit der er ein Publikum an sich binden wollte, das zu dieser Zeit eher neurasthenisch war. Nach Ansicht der Intendanten brauchte man etwas, das in der Lage war, Familien zu vereinen, die Herzen zu berühren, die Wintermonate unter das Zeichen des Teilens und Gebens zu stellen. Die Werbefritzen, die die Jahreszeit ausnutzten, um alle Lebewesen, die sich zum Konsum eigneten, so gut es ging zu schröpfen, waren hundert pro einverstanden: Geben und Teilen, man durfte nicht an die Ausgaben denken.

In diesem Zusammenhang hatte der Kabelsender eine Idee, die darauf zielte, die Gunst des Publikums wiederzuerlangen, und in der Folge die der Werbeauftraggeber. Wir erfuhren nie genau, wer dafür verantwortlich war, das Projekt schien aus dem Nichts geboren, anlässlich einer der zahlreichen Brainstorming-Sessions des Vorstands, sicher war einzig und allein, dass der Titel: »Operation Kindheit in Gefahr« den Stempel des ehemaligen Fliegers trug.

Als Helden der Veranstaltung, die vorgeblich live in der Silvesternacht gesendet werden sollte, waren der an Geschwindigkeit verlierende Stern Caroline Lemonseed, der äußerst charismatische Irving Naxos und der immer noch populäre ehemalige Flieger geplant und mit einem erstmaligen Fernsehauftritt Mister Store von Kellogg's, Mister Bone von General Food, Mister Tuning von Petrofina und Mister Spinning von den Spinning-Prozessoren. Die vier Werbefritzen sahen in dem Projekt eine traumhafte Gelegenheit, dem Publikum zu zeigen, dass ihre Unternehmen nicht vorrangig kapitalbildende Maschinen waren, sondern nahezu karitative Organisationen.

Suzy war seit fünf Tagen tot. Seit dem vergangenen Abend bereiteten wir die Sendung mit Naxos und dem ehemaligen Flieger vor, nichts Schwieriges. In einem alten Bauernhof mitten in der Pampa hatte der Kabelsender eine Krankenhauskulisse aufgebaut. Er hatte etwas medizinisches Material und rund hundert Betten bereitgestellt, ein paar studentische Krankenschwestern bezahlt, die als Komparsen mitmachten, und hatte das Ganze mit Kindern von fünf bis elf Jahren gefüllt, die man in den Flüchtlingslagern und Dörfern der Umgebung gefunden hatte. Caroline würde Weihnachtslieder singen und die Werbefritzen würden mit unserer Unterstützung an die Kids Geschenke austeilen. Kinderleicht.

Man hatte Amphetamine und die Werbejacken an uns verteilt, und wir hatten uns auf dem Parkplatz versammelt, um auf die Werbefritzen, Caroline, Naxos und den Moderator zu warten. Die Technikerteams des Senders waren schon vor Ort, dieselben wie bei unserer ersten Operation: die drei sich beschimpfenden Brüder, der Kameramann, der uns in die Sozialwohnungen begleitet hatte, und die beiden Teams von der Bild- und Tonabteilung, die in Geländewagen durch die Gegend fuhren. Es war früh, die Sonne war noch nicht aufgegangen, und bei der Dunkelheit fühlte man sich wie in einer Kühlkammer. Jemand hatte die Idee gehabt, den Hoteleingang mit einem blinkenden Weihnachtsbaum, ein paar Girlanden und Kugeln zu schmücken. Ohne die Amphetamine hätte ich, glaube ich, eine ziemliche Depression bekommen.

Schließlich trudelten die Helden des Tages ein, und außer Naxos, der den gewohnten undurchdringlichen Gesichtsausdruck zur Schau trug, sahen alle, Caroline, der Moderator und die Werbefritzen, völlig fertig aus, weil sie für die weite Fahrt zu den Studios in der Großraumlimousine so früh hatten aufstehen müssen. Wir mussten auf die Lastwagen klettern, die Fernsehteams stiegen in ihre Jeeps, und los ging's.

51

Die Fahrt war alles andere als lustig. Alle wussten über Moktar Bescheid, alle wussten über Dirk Bescheid, und deshalb schwiegen alle. Die angespannte Stille, die in den Lastwagen herrschte, war schlimmer für unsere Stimmung als alles andere, so dass uns der Moderator, als wir nach fünfstündiger Überlandfahrt endlich ankamen, die Szene »Aussteigen aus den Lastwagen« zweimal wiederholen lassen musste.

»Ihr seht erschreckend aus«, hatte er zu uns gesagt. »Das hier ist eine Neujahrssendung. Da will man Leute, die lächeln und sich freuen, da zu sein. Und keine Bande von Soldaten, die ein Gesicht ziehen.«

Wir waren wieder auf die Lastwagen gestiegen und noch einmal mit einem blöden künstlichen Lächeln im Gesicht heruntergeklettert.

Die drei Werbefritzen hingegen waren bestens gelaunt. Das war die Art von Ausflug, die etwas Abwechslung in ihren Alltag aus Geschäftsessen und endlosen Sitzungen brachte. Was Caroline und Naxos betraf, glücklich oder nicht an diesem Wintermorgen, so waren sie die Professionellsten von uns allen und trugen eine glückstrahlende Miene voller Lebensfreude zur Schau, die mich hätte täuschen können, wenn ich mich nicht daran erinnert hätte, was die Sängerin mir neulich abends über den Schlächter der Olivenbäume anvertraut hatte.

»Das ist ja wirklich so ein blöder alter Bauernhof«, hatte Dirk zu mir gemeint und auf die langen grauen Gebäude gezeigt. Er hatte nicht Unrecht. Von außen deutete nichts darauf hin, dass sich dort ein Fernsehstudio, eine Krankenhauskulisse, Krankenschwestern, die als Komparsen eingesetzt waren, und rund sechzig Kinder befanden. Als uns der Moderator eintreten ließ, stieß Dirk, der neben mir ging, einen Pfiff der Bewunderung aus.

»Gute Güte, das haben sie aber gut hingekriegt!«

Der Ort, frisch gestrichen, war von einem strahlenden Weiß. Türen waren eingebaut worden, Trennwände eingezogen, ein paar medizinische Geräte standen in den Ecken herum, damit sie im Blickfeld der Kameras waren, wenn diese in Aktion traten, und fünf oder sechs Krankenschwestern liefen zwischen den Betten hin und her, in denen sich die Kinder befanden, die die Szenerie vervollständigten.

»Sie sind gestern eingetroffen«, erzählte uns Naxos. »Sie haben die Nacht hier verbracht. Sie haben zwei warme Mahlzeiten erhalten und ein paar Spielsachen, damit sie ruhig sind. Sie müssen ein bisschen leidend aussehen, nicht zu fröhlich, nicht gut gelaunt, aber sie müssen in Verzückung geraten, wenn Caroline singt und sie Geschenke bekommen.«

Im Moment sahen die Kinder überhaupt nicht leidend aus, und es war eine gewaltige Kakophonie aus Schreien, Lachen und Weinen zu vernehmen, durch die hindurch Naxos' Erklärungen schwer zu verstehen waren.

»Wir werden in einer Stunde anfangen. Sendungen mit Kindern sind zwar gut für das Publikum, aber immer das reinste Chaos, deshalb müssen wir uns mit der Tatsache abfinden, dass wir Zeit verlieren werden, die meisten Aufnahmen mehrmals wiederholen müssen und es nichts gibt, was sechzig Bälger ruhig stellt.«

Während er das sagte, sausten drei Jungen an ihm vorbei und stießen ihn beinahe um. Ein wütender Blitz schoss ihm in die Augen.

»Ich will nicht, dass sie kreuz und quer durch die Gegend rennen, während die Kameras aufgebaut werden. Das alles kostet ein Vermögen. Sorgen Sie dafür, dass sie nicht herumlaufen. Scheiße, Mann, ich will, dass sie schwach aussehen!«, hatte er einer der jungen Krankenschwestern zugerufen, die sogleich sehr geschäftig tat.

In Windeseile bauten die Techniker des Senders die Kameras, die Scheinwerfer, die Kontrollbildschirme und Mikros auf. Die Knirpse hatten sich plötzlich beruhigt und beobachteten sie fasziniert. Die vier Werbefritzen tranken mit dem Moderator zusammen Kaffee, Caroline saß auf einem Bett, einen kleinen Lockenkopf auf dem Schoß, und testete die Mikros. Moktar saß in einer Ecke und betrachtete alles mit düsterem Gesicht, und ich wurde plötzlich von Mitleid für diesen Mann ergriffen, der tatsächlich verloren hatte, was ihm am wertvollsten war.

Der Moderator versammelte den »Herbstregen« und erklärte ihm die Abfolge der Ereignisse.

»Es wird drei Sequenzen geben: Zuerst Carolines Lieder, zu denen die Kinder singen und in die Hände klatschen sollen, als zweites euren Auftritt mit den Geschenken und als drittes die Kinder, die sich bei den Werbeleuten bedanken. Wir brauchen Bilder für ungefähr eine Stunde, mit den Werbespots, die wir einfügen können, macht das ruckzuck eine Sendung von etwa anderthalb Stunden, die am 31. Dezember am frühen Abend ausgestrahlt werden wird. Ihr tut also so, als hätten wir tatsächlich den letzten Tag des Jahres, und wenn ihr etwas sagt, dann ›guten Abend‹, auch wenn es noch nicht mal Mittag ist. Gibt es Fragen?«

»Und wann werden wir die Nacktänzerinnen vom zweiten Teil des Abends treffen?«, hatte Dirk gefragt.

Alle hatten gelacht, außer Moktar, der seinen düsteren Gesichtsausdruck bewahrt hatte.

201

52

Die Explosion der Bombe war ausgelöst worden, als Mister Spinning von den Spinning-Prozessoren den Klodeckel hochgehoben hatte, um zu pinkeln. Man hatte erst später, im Rahmen der Untersuchungen festgestellt, wie die Vorrichtung funktionierte: Das System war sehr raffiniert gewesen, einfach und nicht zu erkennen, und die versteckte Sprengladung offensichtlich enorm. Die Verantwortlichen waren nicht zimperlich gewesen. Die Toiletten lagen zum Glück weit von unserem provisorischen Studio entfernt, sie waren in aller Eile eingebaut worden in dem, was früher ein riesiger Stall gewesen sein musste, der gute Voraussetzungen für das Verlegen der Abflussrohre mit sich gebracht hatte, aber alle im Umkreis von dreißig Metern wurden mehr oder weniger schwer verletzt. Angesichts der Tatsache, dass die Explosion fünf Minuten vor Beginn der Dreharbeiten erfolgte und dass die meisten Männer des »Herbstregens«, Mister Bone, Mister Store, Mister Spinning, Naxos, Caroline, eine Krankenschwester und sechs Techniker vorsichtshalber noch schnell losgegangen waren, um ihre Blase zu entleeren, war das Ergebnis ein wahres Blutbad. Mister Bone wurde von einem Glassplitter in der Oberschenkelschlagader getroffen, Mister Store erlitt durch ein überhitztes Metallstück Verletzungen am Bauch, die Krankenschwester wurde brutal gegen eine alte landwirtschaftliche Maschine geschleudert, die ihr an zwei Stellen das Rückenmark durchtrennte, die sechs Techniker, die in der Nähe einer Wanne mit Lösungsmitteln in einer Reihe angestanden hatten, trugen Verbrennungen davon, der eine an den Augen, der andere an den Händen, der Nächste an den Beinen und der Letzte, der Arme, von den Knien bis zur Schädeldecke. Eine schwere Tür wurde aus den Angeln gehoben und mehrere Meter durch die Luft geschleudert, bis sie auf Naxos traf und ihm mehrere Rippen und eine Schulter brach, der Stiel einer Hacke, die von wer weiß wo angeschossen kam, traf Caroline mit voller Wucht an der Stirn, worauf sie sogleich das Bewusstsein verlor, die gut zwanzig Männer des »Herbstregens«, die sich unter einem Glasdach mit schmiedeeiserner Einfassung blöde Witze erzählten, wurden von einer tödlichen Flut aus rasierklingenscharfen Glassplittern getroffen, und Mister Spinning schließlich wurde auf der Stelle in Stücke gerissen und zerstäubt, noch bevor er den ersten Tropfen Pisse abgeben konnte.

Die Glücklichen, zu denen ich gehörte und die im Studio geblieben waren, dachten, dass in wenigen Metern Entfernung ein Transportflugzeug abgestürzt sei. Wir waren nach draußen gegangen, gefolgt von ein paar Kindern, die der Krach in Angst und Schrecken versetzt hatte, und auf die Masse der Verletzten und Toten gestoßen.

Der Schnee hatte eine rosa Farbe angenommen, die von Blut und Wasser herrührte. Wir hatten die beiden überlebenden Werbefritzen gefunden, den aufgrund seiner Brüche halb ohnmächtigen Naxos, Caroline, die zusammengekauert auf einer Schneewehe lag, die stöhnenden Körper der Techniker und die Männer des »Herbstregens«, blutverschmiert, voller tiefer Schnittwunden. Ein Stück weiter lag Moktar, auch er bewusstlos. Ich rannte zu ihm hin, stellte fest, dass sein rechtes Bein verkehrt herum geknickt war und dass aus seiner Nase ein wenig Blut lief. Aber er atmete. Ich wusste nicht, was tun, es waren nur noch wenige Männer vom »Herbstregen« übrig, ebenso zurückgeblieben wie Dirk, der völlig unter Schock stehende Fernsehmoderator, zwei Techniker, vier oder fünf Krankenschwestern kurz vorm Nervenzusammenbruch und die sechzig Bälger, die beim Anblick der Verletzten angefangen hatten zu schreien.

Ich habe noch nie gern Befehle erteilt. Ich habe nicht das Gemüt eines Chefs, aber in dem Moment begriff ich, dass ich keine Wahl hatte.

»Wir müssen alle reinschaffen und auf die Betten legen«, hatte ich gesagt. Die wenigen unversehrten Erwachsenen kamen der Aufforderung nach, offensichtlich glücklich, dass jemand die Dinge in die Hand nahm.

Ich kümmerte mich persönlich um Carolines Transport, die immer noch bewusstlos war und deren obere Gesichtshälfte seltsame Schwellungen zeigte. Außer der Krankenschwester, die sich das Genick gebrochen hatte, und Mister Spinning, den wir nicht fanden, war niemand ums Leben gekommen. Das grenzte an ein Wunder, aber wir hatten einunddreißig Verletzte am Hals, darunter welche wie Mister Store, Mister Bone oder die zwanzig Männer des »Herbstregens«, die sich in einem ernsten Zustand befanden.

»Ruf im Hotel an und sag, sie sollen uns einen Hubschrauber mit Ärzten schicken. Sag ihnen, wie viele Verletzte wir haben, und versuch zu beschreiben, in welchem Zustand sie sind, damit sie alles Erforderliche mitbringen«, hatte ich zu Dirk gesagt, der davongestoben war, um aus dem Lastwagen sein Funkgerät zu holen.

Ich war zu Caroline gegangen und hatte ihr Gesicht gestreichelt. Es war das erste Mal, dass ich sie berührte. Ihre Haut war zart und lauwarm.

»Da ist nix. Wir haben die Funkausrüstung nicht dabei«, hatte Dirk außer Atem gesagt. »Bestimmt, weil es ja keine echte militärische Operation war.«

Ich hatte geflucht. Keine echte militärische Operation, was für ein Blödsinn!

»Okay, aber hier muss doch irgendwo ein Telefon sein?«, hatte ich eine Krankenschwester gefragt, der die roten Haare ins Gesicht fielen.

»Öh… nein. Wir sind hier in einem alten Bauernhof, wissen Sie. Hier ist alles nur Deko, und niemand hat damit gerechnet, dass wir ein Telefon brauchen.«

Ich hatte die Augen geschlossen. Das war eine Katastrophe. Wir waren hier mit Verletzten gefangen, die dringend Hilfe benötigten, und hatten keinerlei Kommunikationsmittel.

»Wie lange würde man mit einem eurer Jeeps brauchen, um in die Stadt zurückzukehren?«, hatte ich einen Kameramann mit verbrannten Händen gefragt, der mit schmerzverzerrtem Gesicht in einer Ecke saß.

»Wenn man schnell fährt und an den richtigen Stellen abkürzt, braucht man zwei Stunden, mit etwas Glück…«

»Plus eine Stunde, bis sich die Hilfsmannschaften organisiert haben, und noch eine halbe Stunde, bis sie im Hubschrauber hier eintreffen.«

»Minimum«, hatte Dirk gemeint.

»Minimum«, hatte ich gesagt. Aber wir haben keine Wahl.

Ein Überlebender des »Herbstregens« meldete sich freiwillig: ein kleiner, nervöser Mann, der im zivilen Leben Waren ausgefahren hat.

»Ich bin es gewohnt, schnell zu fahren, wenn jemand fahren muss, dann ich!«

»Beeil dich. Hier liegen Leute im Sterben.« Der Fahrer war losgespurtet zu den Geländewagen.

Alle Verletzten lagen jetzt in den Betten des falschen Krankenhauses, manche stöhnend, andere, wie Moktar oder Caroline, bewusstlos. Die erste Welle des Entsetzens war vorüber, und die Kids betrachteten sie neugierig. Der kleine Lockenkopf, der vorhin auf Carolines Schoß gesessen hatte, als sie ihre Weihnachtslieder probte, war bei ihr geblieben, wie ein kleines Tier, das sich um die Gesundheit seines Herrchens sorgte. Ich hatte die fünf gesunden Krankenschwestern versammelt und sie gebeten, eine Einschätzung des Zustands der Verletzten vorzunehmen. Nach kurzer Zeit war die Rothaarige, der die Haare ins Gesicht hingen, mit ihrer Bilanz zurückgekommen.

»Es gibt ein paar, die lediglich unter Schock stehen, mit ein paar Brüchen, aber nichts Schlimmes. Ihr Freund, der Kräftige, Ihr Chef und Caroline Lemonseed sind okay. Bei den Verbrannten weiß ich nicht genau, was tun. Ich glaube, wir sollten die Finger von ihnen lassen. Wenn wir Schmerzmittel hätten, könnten wir ihnen vielleicht welche verabreichen, aber so … Allerdings verlieren rund zwanzig Ihrer Kameraden und die beiden Männer im Anzug viel Blut. Wenn wir ihnen nicht bald eine Transfusion zukommen lassen, riskieren wir, glaube ich, sie zu verlieren.«

»Eine Transfusion?«, hatte ich gefragt.

»Eine Bluttransfusion«, hatte die Rothaarige gemeint.

»Und Sie wissen, wie das geht?«

»Tja, normalerweise machen das die Ärzte, aber im Unterricht haben sie uns erklärt, wie es gemacht wird. Das ist nicht weiter kompliziert.«

»Aber Sie brauchen Material dafür.«

»Das Material ist nicht das Problem. Die Leute, die die Kulissen aufgebaut haben, haben alles Erforderliche in die Schränke gepackt. Ein Glück, dass sie so perfektionistisch waren.«

»Und was ist das Problem?«

»Na ja, das Blut. Für zweiundzwanzig Leute braucht man zig Liter Blut, wissen Sie.«

»Ach so«, hatte ich gesagt; mein Verstand arbeitete auf Hochtouren.

»Und außerdem wird man schnell ganz schwach«, hatte der ehemalige Flieger hinzugefügt. »Soldaten im Einsatz dürfen kein Blut spenden, denn wenn sie sich hinterher anstrengen, wird ihnen gleich übel. Das war jedenfalls damals die Regel, als ich bei der Luftwaffe war, und meiner Meinung nach hat sich daran nichts geändert.«

Wir konnten auch die Krankenschwestern nicht außer Gefecht setzen.

Vor uns prügelten sich zwei kleine Jungen. Einer von ihnen blutete aus der Nase, rote Flecken bedeckten ein Mickey-Maus-T-Shirt, das ihm viel zu groß war. In dem Moment kam mir die Idee.

»Und die Kinder?«, hatte ich die Krankenschwester gefragt, die mich schockiert ansah.

»Sie sind zu klein. Sie haben nicht genug Blut«, hatte sie geantwortet. Aber ich hatte insistiert. Ich war sicher, dass wir hier die Lösung hatten.

»Wir könnten pro Erwachsenen mehrere nehmen. Wie viele bräuchten wir Ihrer Meinung nach?«

»Ich ... ich weiß nicht. Im Unterricht haben wir gelernt, dass es eine Frage des Gewichts ist. Ich weiß nicht mehr genau, wie es war, aber unter den Verletzten gibt es Kerle, die mindestens achtzig Kilo wiegen. Das schwerste Kind dürfte um die fünfunddreißig wiegen. Die anderen zwischen fünfzehn und zwanzig ...«

»Man bräuchte vier Kinder pro Erwachsenen.«

»So was in der Richtung, glaube ich«, meinte die Rothaarige und kratzte sich am Kopf.

»Wir haben zweiundzwanzig Verletzte, das macht achtundachtzig Kinder.«

»Das ist zu viel. Hier haben wir sechzig.« Die Rothaarige schien nachzudenken.

»Na ja, nicht unbedingt. Die Rechnung stimmt, wenn man dem Patienten nicht alles Blut entnimmt. Nur ein bisschen. Hier könnte man …«

»Leeren?«

»Ja. Wenn man alles nimmt, dürfte man hinkommen. Glaube ich zumindest.«

Keiner der Männer vom »Herbstregen« hatte etwas gesagt, die Techniker hatten nichts gesagt, der Moderator hatte nichts gesagt. Alle schienen einverstanden. Die Kinder um uns herum, die kreuz und quer durch die Gegend rannten, ließen mich an ein reifes Feld denken. Wir würden die Ernte einholen.

53

Es hatte eine ganze Weile gedauert und das Know-how einer Krankenschwester erfordert, die als Praktikantin in einer Kinderkrippe gearbeitet hatte, damit sich die Kinder beruhigten, schwiegen und in Zweierreihen aufstellten. Die Krankenschwester hatte gesagt, wir sollten ihnen genau erklären, was wir machen wollten und warum, sonst würde ihre Fantasie mit ihnen durchgehen wie eine Dampfmaschine und wir würden möglicherweise Panik auslösen. Da ich einverstanden war, hatte sie sich zu einer pädagogisch brillanten Rede aufgeschwungen: »Hier sind ein paar große Leute, die sehr, sehr krank sind. Ihr habt sie gesehen. Sie werden vielleicht sogar sterben, wenn man sie nicht sehr schnell behandelt, und dafür werden wir euch brauchen. Um die großen kranken Leute zu retten. Hélène [die rothaarige Krankenschwester] und Anne-Catherine [eine Krankenschwester, die General de Gaulle ähnelte] werden euch mit einer kleinen Nadel in den Arm pieksen, das tut gar nicht weh, es kitzelt ein bisschen, das ist alles, und wir werden euch ein wenig Blut entnehmen, um es den großen Leuten zu geben, die euch auf ewig dankbar sein werden, weil ihr ihnen das Leben gerettet habt. Gibt es Fragen?«

Ein kleiner, ziemlich blasser Junge hatte die Hand gestreckt: »Warum gab es eine Bombe?«, hatte er gefragt.

»Weil es ganz gemeine Leute gibt, die anderen nur Böses tun wollen«, hatte die Krankenschwester geantwortet.

Ein anderer Junge mit einem Froschgesicht hatte gefragt: »Wie funktioniert eine Bombe, Fräulein?«

»Ich weiß es nicht. Das ist nicht interessant. Bomben sind nur da, um Böses zu tun, also sollte man keine machen. Ich wollte nur wissen, ob ihr Fragen habt zu dem, was wir jetzt mit euch machen werden?«

Nachdem es in den Reihen der sechzig Kinder einen Moment lang still gewesen war, hatte der kleine Lockenkopf die Hand gestreckt.

»Werden wir sterben?«, hatte sie mit zaghafter Stimme gefragt. Die pädagogische Krankenschwester hatte sie ganz lieb angelächelt.

»Aber nein. Wenn du willst, kommst du als Erste dran, dann siehst du es gleich.«

Die Antwort schien dem Mädchen nicht zu gefallen. Aber ich hatte das Frage-Antwort-Spiel abgebrochen und gesagt, die Zeit würde drängen, wir müssten beginnen.

Vier Betten waren in einen Technikerraum geschoben worden, von den restlichen Studios durch winzige Holzwände getrennt. Draußen überwachte die pädagogische Krankenschwester die zappelnde Schlange, die die Kinder gebildet hatten, die wir jeweils zu zweit in den Raum holten. Drinnen wurden sie von Hélène und Anne-Catherine empfangen und auf die vier Betten gelegt, neben die Verletzten. Hélène steckte ihre Nadel in den Arm des Kindes, in den des Verletzten, und die Transfusion begann. Kinderleicht. Dirk hatte – ausnahmsweise einmal – eine gute Idee gehabt: Um zu vermeiden, dass wir die leblosen Körper ihrer Kameraden unter den Augen der Kinder wegtrugen, die darauf warteten, dass sie an die Reihe kamen, hatte er überlegt, dass wir sie aus dem Fenster des Technikerraums hieven und hinter einer der dicken Mauern des Bauernhofs verstecken könnten. Sinn und Zweck war einmal mehr, Panik zu vermeiden. Dafür hatten wir keine Zeit.

Wir hatten mit denen begonnen, die mir am wichtigsten

schienen: Mister Bone und Mister Store, und wie versprochen, hatten wir den kleinen Lockenkopf als Erstes hereingeholt, zusammen mit dem Jungen mit dem Froschgesicht, der uns misstrauisch anblickte. Es hatte nur wenige Minuten gedauert, den beiden Kindern alles Blut zu entnehmen und die bewusstlosen, nur noch leicht zuckenden Körper durch das Fenster zu heben. Zwei Männer des »Herbstregens« hatten sie anschließend nahe der Mauer abgelegt, auf einem weichen Schneehaufen, wo bald zwei weitere, dann vier, dann sechs ihrer Leidensgenossen dazukamen. Die Warteschlange nahm ab, der Haufen auf dem Boden liegender Kinder wurde größer, und unsere Verletzten, mit den vorhandenen Mitteln desinfiziert und verbunden, erwachten langsam wieder zum Leben.

Ich weiß noch, dass ich kurz hinausgegangen war, um Luft zu schnappen, und dass ich den Berg von fast sechzig Kindern gesehen hatte, einen riesigen Berg. Ich weiß noch, dass sie mir zahlreicher vorkamen, dann hatte ich festgestellt, dass es die Menge ineinander verflochtener Arme und Beine war, die diesen Eindruck erweckte. Und der ganze Haufen war von seltsamen, äußerst langsamen und äußerst schönen Bewegungen geprägt. Zarte blasse Glieder auf weißem Grund. Der Haufen Kinder ähnelte einer Seeanemone in der Brandung.

Nach fünf Stunden hatten wir gehört, wie sich ein Hubschrauber näherte.

54

Heute ist mein letzter Tag. In einer Zimmerecke hat Nikotin eine Plastiktüte abgestellt mit den zwei oder drei Dingen, die ich bei meiner Ankunft bei mir getragen hatte. Ich breitete alles auf meinem Bett aus, die gewaschene und gebügelte Uniform des »Herbstregens«, einen alten Pullover und eine Baumwollhose, von der ich nicht wusste, dass ich sie je besessen hatte. Ich zog den Pullover und die Hose an, war jedoch so abgemagert, dass ich darin versank. Davon abgesehen stand sie mir gut. Es ist ein komisches Gefühl, das Krankenhemd los zu sein und richtige Kleider am Leib zu haben. Ich spüre, wie ich wieder ich selbst werde.

Der Fernseher läuft ohne Unterbrechung. Wenn er aus ist, fange ich an nachzudenken, und zurzeit mag ich weder den Geruch noch die Farbe meiner Gedanken. Auf dem Bildschirm bereitet sich ein Athlet mit geöltem Körper auf irgendeinen Wettkampf der Interdisziplinären Begegnungen vor. Auf seinen rasierten Schläfen hat er eine falsche Tätowierung, Werbung für einen Sportausrüster. Ich nehme mir vor, etwas Sport zu machen. Liegestütze, Klimmzüge und Bauchmuskelübungen. Ich mag das lange Knochengerüst nicht, das mir als Körper dient. Bei guter Ernährung dürfte sich das hinkriegen lassen. Das Wetter ist herrlich. Zum ersten Mal habe ich ein Fenster aufgemacht und lasse die warmen Gerüche der Stadt herein. Das Leben riecht gut.

In letzter Zeit schlafe ich schlecht. Ich träume oft von dem kleinen Lockenkopf. Ich träume davon, dass wir uns stundenlang unterhalten und dass sie nicht versteht, was ich ihr erzähle.

Ich träume davon, dass auch ich nicht verstehe, was ich ihr erzähle. Ich träume davon, dass sie von mir in den Arm genommen werden will und dass mir das gefällt. Komischer Traum.

Ein winziger Teil meiner Erinnerungen ist immer noch in der nebligen Peripherie meines Gedächtnisses verloren. Ich habe Nikotin davon erzählt, die es dem Chefarzt erzählt hat, der geantwortet hat, das sei normal, gewisse Erinnerungen, vor allem solche, die in direktem Zusammenhang mit der Nacht im März 1978 stünden, würden niemals hochkommen. In Adrenalin aufgelöst. Zisch! Wie ein Stück Zucker im Kaffee. Aber der Arzt hat mir Übungen empfohlen, die mir die Ereignisse in Erinnerung rufen sollen, die mich hierher geführt haben, in der richtigen Reihenfolge, von den am längsten zurückliegenden bis zu den jüngsten. Ich hatte einige Tage lang seine Anweisungen befolgt und als Ausgangspunkt den Moment genommen, als die Hilfsmannschaften schließlich auf dem Bauernhof eingetroffen waren. Ich weiß noch, dass es nicht *ein* Hubschrauber war, sondern drei. Sehr große. Die Armee spaßte nicht, wenn es um das Leben der Werbeleute ging. Ein Ärzteteam, bestehend aus dreißig Personen, war mit Kisten, randvoll beladen mit medizinischer Ausrüstung, gelandet. Ich erinnere mich noch an die erstaunten Gesichter, als ich ihnen die Geschichte mit den Kindern und den Transfusionen erzählte und ihnen den Haufen aus Armen und Beinen an der Mauer zeigte. Dann weiß ich noch, dass sie die Verletzten untersucht hatten, die in den Betten der Studios wieder zu Kräften kamen, und dass sie zufrieden wirkten. Außer ein paar wenigen Fällen von Hämolyse aufgrund inkompatibler Blutgruppen gab es nichts auszusetzen. Ich weiß noch, dass sie zu mir gesagt hatten, ich hätte gut reagiert. Das freute mich. Mir gefiel die Vorstellung, ein Typ zu sein, der gut reagierte. Caroline war wieder zu sich gekommen und fragte: »Was ist passiert? Was ist nur passiert?« Moktar war wieder zu sich gekommen und sagte: »Verdammt, verdammt, verdammt ...« Naxos war wieder zu sich gekommen und sagte: »Eine Niederspannungsanlage hat bei fließendem Strom wenig Überlebenschancen ...« Die Männer vom »Herbstregen« waren wieder zu sich gekommen, die beiden Werbefritzen waren wieder zu sich gekommen. Alle sahen gut aus. Alle hatten rosige und frische Wangen. Zwanzig Jahre jünger, alle miteinander.

Ich weiß noch, dass mit den Hubschraubern auch eine junge Frau gekommen war, superschick gekleidet, superschick frisiert, superlächelnd, die zum Vorstand des Kabelsenders gehörte. Sie hatte sich in eine ausführliche Diskussion mit dem Moderator, Mister Store von Kellogg's und Mister Bone von General Food gestürzt. Dann hatte sie mit ihren superschicken Klamotten, ihrer superschicken Frisur zu mir gesagt, dass man die Kinder mit Benzin übergießen und verbrennen sollte. Ich weiß noch, dass das ein richtig beschissener Job war. Aber ich weiß auch, dass wenige Tage zuvor der humanitäre Sender gestartet worden war und dass man ihnen nicht Wasser auf die Mühlen gießen wollte. Das war logisch.

Ich erinnere mich an unsere Rückkehr in die Kleinstadt. Von oben gesehen, war sie ziemlich düster: ganz grau vor dem schmutzigen Weiß der Umgebung. Meine Hände rochen nach Benzin. Man hatte uns gesagt, dass für das Konzert nächsten Monat noch alles stehe, dass Caroline unerschütterlich wie ein Atom-U-Boot sei, dass sie sich erholen werde und dass man uns schöne Feiertage wünsche. Ich weiß noch, dass der Weihnachtsbaum und die Kugeln immer noch da waren. Ich weiß noch, dass die junge Frau aus dem Vorstand ihr Superlächeln nicht abgelegt hatte, dass ich aber überlegt hatte, dass sie sich in ihrer Haut im Grunde nicht wohl fühlen konnte. Was ein Publikumserfolg hätte werden sollen, hatte sich zu einem schrecklichen Desaster entwickelt, bei dem einer der Hauptauftraggeber gestorben war und die anderen verletzt waren und stinkwütend, kurz davor, diesem jämmerlichen Sender die Tür vor der Nase zuzuschlagen. Der Krieg, der eine saftige Auspressfrucht gewesen war, war jetzt nur noch ein Haufen Scheiße.

Ich weiß noch genau, dass das der Abend war, an dem Dirk Moktar umbrachte. Ich weiß noch, dass der Blödmann behauptete, es sei Notwehr gewesen, der Slowene hätte sich auf ihn gestürzt. Alle hatten dieser Version geglaubt, auch wenn der Tod des Mannes, der mir am nächsten gestanden hatte, durch Ersticken im Schlaf hervorgerufen worden war. Kein Mensch hatte Fragen gestellt. Ich weiß noch, dass von dem Moment an alles ernsthaft in die Hosen gegangen war. Im Fernsehen sah man nur noch Jim-Jim, dessen Melodien durch alle Sendungen trieften. Über Caroline wurde nicht mehr gesprochen. Bei diesem Tempo hatte ich mich gefragt, wozu es gut sein sollte, dass man die Programmplanung aufrechterhielt, dann weiß ich noch, dass ich aufgehört hatte, mir Fragen zu stellen, und dass ich die nächsten Wochen allein mit Spaziergängen im Wald und im Schnee verbracht hatte, auf den Spuren Moktars, der mir mehr fehlte, als ich gedacht hätte.

Ich weiß noch, dass ein großer Teil von mir, auf den ich sehr wütend war, weiterhin auf ein Zeichen von Caroline hoffte, und dass dieser idiotische Teil, der sich auf der einen oder anderen Charakterschwäche meiner Person parasitär entwickelt hatte, versuchte, mich davon zu überzeugen, dass ein Zeichen von Caroline eine Art Impfung gegen alle unschönen Dinge wäre, die ich bisher erlebt hatte. Caroline verließ ihre Wohnung nicht. Das interessierte niemanden. Wenn wir manchmal an der Szenerie des künftigen Konzerts vorbeikamen, sagten wir uns, dass das Ganze ein totaler Flop werden würde. Ich weiß noch, dass wir darüber lachten.

Danach erinnere ich mich an nichts mehr.

215

55

Außer Nikotin ist niemand da, um mich zu verabschieden. Im Übrigen ist sie nicht da, um mich zu verabschieden. Ich glaube, sie ist da, damit ich ein Papier unterschreibe. Einen Wisch, der mit dem Reglement des Krankenhauses zu tun hat. Es ist ein komischer Moment. Nicht wirklich bewegend. Komisch.

Da mein Gedächtnis, trotz der verschriebenen Übungen, immer noch nicht zu seiner eigentlichen Form zurückgefunden hat, stelle ich Nikotin die Frage. Sie wirkt nicht sehr gerührt. Sie hat dasselbe graue Gesicht wie immer.

»Was ist an dem Konzertabend passiert?«

»Sie meinen den Angriff?«

»Ja. Ich erinnere mich an Explosionen und Leuchtraketen. Aber ich weiß nicht mehr, was passiert ist, wer uns angegriffen hat und das alles.«

»Wer Sie angegriffen hat?«, fragte Nikotin lächelnd und kopfschüttelnd.

»Ja?«

»Das haben hinterher alle erfahren, weil einer der Werbeleute gegen den Sender prozessiert hat, aber der Angriff war vom Sender selbst organisiert worden. Sie hatten anscheinend überlegt, dass ein Angriff mitten in Carolines Konzert die Einschaltquoten wiederbeleben würde.«

»Und hat es funktioniert?«

»Anscheinend nicht. Es hat sowieso kein Mensch zugesehen.«

»Ich weiß noch, dass ich hinter Caroline hergerannt bin und dass sie mir etwas zugerufen hat. Was war das?«

»Wie soll ich das wissen? Sie scheint Sie jedenfalls nicht sehr zu lieben. Sie arbeitet jetzt bei einem Konkurrenzsender und hat Sie schwer belastet. Sie hat die Geschichte mit den Kindern erzählt. Sie hat ein Fernsehteam an die Stelle geführt. Sie haben das Loch mit den verkohlten Leichen gefilmt.«

Ich sage nichts. Ich unterschreibe das Papier. Nikotin blickt mir nicht nach, als ich gehe. Sie macht mein Bett. Ich folge den Hinweisschildern zum Ausgang. Die Straße hat auf mich die Wirkung einer übergroßen Dosis Drogen in den Adern. Ich muss mich auf den Bürgersteig setzen. Die Leute, die vorbeigehen, sehen mich an, als wäre ich ein bedauernswerter Alkoholiker. Ich zwinge mich zu atmen. Ruhig. Sanft. Dann sage ich mir: »Ist nicht so schlimm, das Ganze. Komm schon, ist nicht so schlimm.«